Das Licht in dir

## Das Buch

»Niemand, niemand kann Sie lehren, was Meditation ist, auch nicht, wenn er einen langen Bart hat und ausgefallene Gewänder trägt. Finden Sie es selbst heraus, und stehen Sie zu dem, was Sie herausgefunden haben, machen Sie sich von niemandem abhängig.«

Jiddu Krishnamurti, der in seinen Lehren auf einzigartige Weise östliche und westliche Lebensart verband, erreichte mit seinen Texten Millionen von Lesern in aller Welt. Mit diesem Buch offenbart er den wahren Gehalt der Meditation. Immer wieder macht er deutlich, daß der Suchende die Wahrheit nur in sich selbst finden kann.

## Der Autor

Jiddu Krishnamurti (1895–1986) wurde als Dreizehnjähriger von der Theosophin Annie Besant adoptiert. Sie sah in dem jungen Brahmanen den wiedergeborenen Messias und ließ ihn in sorgfältiger Erziehung auf seine künftige Rolle als »Weltlehrer« vorbereiten. 1929 sagte sich Krishnamurti öffentlich von diesem Anspruch los mit der Begründung, daß keine Religion, keine Philosophie, kein Guru die Menschheit zur Wahrheit führen könne. Mit seinen kompromißlosen Einsichten zog Krishnamurti sechzig Jahre lang weltweit ein großes Publikum in seinen Bann. Seine Reden und die Gespräche mit Ratsuchenden wurden in mehr als siebzig Büchern gesammelt.

Jiddu Krishnamurti

# Das Licht in dir

## Über die wahre Meditation

Aus dem Amerikanischen von Christine Bendner

Econ Taschenbuch Verlag

Diese Ausgabe entstand durch die Vermittlung von
Jürgen P. Lipp und Jürgen Mellmann.
Econ Taschenbuch Verlag 2000
Der Econ Taschenbuch Verlag ist ein Unternehmen der
Econ Ullstein List Verlag GmbH & Co. KG, München
Deutsche Erstausgabe
© 2000 für die deutsche Ausgabe by
Econ Ullstein List Verlag GmbH & Co. KG, München
© 1999 by Krishnamurti Foundation Trust, Ltd.
Titel der amerikanischen Originalausgabe:
This Light in Oneself
(Shambhala Publications, Inc., P.O.Box 308, Boston, MA. 02117)
Übersetzung: Christine Bendner
Redaktion: Sabine Nachtwey
Umschlagkonzept: HildenDesign, München – Stefan Hilden
Umschlaggestaltung: HildenDesign, München – Claudia Sanna
Titelabbildung: HildenDesign, München
Gesetzt aus der Souvenir, Linotype
Satz: Josefine Urban – KompetenzCenter, Düsseldorf
Druck und Bindearbeiten: Ebner Ulm
Printed in Germany
ISBN 3-612-18020-7

# Inhalt

# Vorwort

Wenn wir uns zu Beginn dessen, was in der westlichen Welt als das dritte Millennium bezeichnet wird, auf der Welt umschauen, sehen wir erstaunliche Errungenschaften in den Bereichen der Naturwissenschaften, der Medizin, der Informations- und Kommunikationstechnologie – und Kriege, Armut, Hungersnöte, politische und religiöse Korruption, Chaos, Terrorismus, Umweltzerstörung und großes Leid selbst bei den Reichsten dieser Erde. Jahrtausendelang haben wir nach außen geblickt und uns auf Experten verlassen, die heutzutage eine unglaublich komplexe Masse an Informationen kontrollieren und manipulieren; wir haben die Verantwortung für unser Leben an Berater, Therapeuten, »Ausbilder« und religiöse Führer abgegeben, die unsere persönlichen und sozialen Probleme lösen sollen. Doch unsere grundlegenden Ängste, Konflikte, Beziehungsprobleme und Gefühle der Sinnlosigkeit sind geblieben.

In den vielen Gesprächen mit Menschen aus allen Gesellschaftsschichten und bei seinen zahlreichen öffentlichen Reden vor großem Publikum in aller Welt sprach Krishnamurti stets von der Notwendigkeit, nach innen zu schauen, sich selbst zu erkennen, um die individuellen, tiefliegenden Konflikte zu verstehen, die all unsere sozialen Probleme nach sich ziehen, weil »wir die Welt sind« – unser individuelles Chaos verursacht das globale Chaos.

Die folgenden Seiten, deren Inhalt aus bisher unveröffentlichten Reden stammt, spiegeln Krishnamurtis zeitlose Einsichten darüber wider, wo die Quelle echter menschlicher Freiheit, Weisheit und Güte zu finden ist – in unserem eigenen Innern.

*Ray McLoy*
*Krishnamurti Foundation Trust*

# Ein neues Bewußtsein

Ein neues Bewußtsein und eine völlig neue Moral sind notwendig, wenn sich in unserer heutigen Kultur und Gesellschaftsstruktur ein radikaler Wandel vollziehen soll. Das ist offensichtlich. Und doch scheinen die Linken wie die Rechten und auch die Revolutionäre diese Tatsache zu übersehen. Jedes Dogma, jede vorgegebene Formel, jede Ideologie ist Teil des alten Bewußtseins – sie sind Erfindungen des Denkens, dessen Aktivität fragmentarisch ist: die Linke, die Rechte, die Mitte. Diese Aktivität des Denkens wird unweigerlich zu Blutvergießen auf beiden Seiten oder zum Totalitarismus führen. Das ist es, was um uns herum geschieht. Man sieht, wie dringend notwendig eine gesellschaftliche, ökonomische und moralische Veränderung ist, aber man reagiert weiterhin aus dem alten Bewußtsein heraus, in dem das Denken die Hauptrolle spielt. Das Chaos, die Verwirrung und das Elend, in dem sich die Menschheit heute befindet, spielt sich im Bereich des alten Bewußtseins ab. Ohne eine tiefgreifende Veränderung dieses Bewußtseins wird jede Aktivität des Menschen, sei es auf der politischen, wirtschaftlichen oder religiösen

Ebene, nur dazu führen, daß wir uns gegenseitig und die Erde zerstören. Für einen klaren Geist ist das ganz offensichtlich.

Man muß sich selbst ein Licht sein; dieses Licht ist das Gesetz. Es gibt kein anderes Gesetz. Alle anderen Gesetze sind Produkte des Denkens und daher fragmentarisch und widersprüchlich. Sich selbst ein Licht zu sein bedeutet, niemals dem Licht eines anderen zu folgen, wie vernünftig, logisch, traditionsverbunden und überzeugend er auch sein mag. Man kann sich selbst kein Licht sein, wenn man im dunklen Schatten von Autoritäten, Dogmen oder Schlußfolgerungen steht. Wahre Moral entspringt nicht dem Denken und kann auch nicht durch den Druck des gesellschaftlichen Umfeldes erzeugt werden. Sie hat nichts mit Vergangenheit oder Tradition zu tun. Wahre Moral entspringt der Liebe, und Liebe ist weder Verlangen noch Lust. Sexuelles oder sinnliches Vergnügen ist nicht Liebe.

Freiheit bedeutet, sich selbst ein Licht zu sein, denn dann ist sie nichts Abstraktes, nichts Ausgedachtes. Echte Freiheit ist Freiheit von Abhängigkeit, von Bindungen, von der Gier nach Erfahrungen. Wenn man frei von allen Denkmustern ist, ist man sich selbst ein Licht. Und in diesem Licht ist das Handeln niemals widersprüchlich. Ein Widerspruch existiert nur, wenn dieses Licht vom Handeln getrennt ist, wenn der Handelnde von der Handlung getrennt ist. Das Ideal, das Prinzip, ist das fruchtlose Ergebnis des Denkens, das nicht zugleich mit diesem Licht existieren kann. Das eine schließt das andere aus. Wenn der Beobachter da ist, ist dieses Licht, diese Liebe nicht da. Der Beobachter ist ein Produkt der Gedanken, aber das Denken ist niemals neu, niemals frei. Es gibt kein »Wie«, kein System, keine Methode – nur das Sehen, das eins mit dem Tun ist.

Sie müssen sehen – aber nicht mit den Augen eines anderen. Dieses Licht, dieses Gesetz, ist weder Ihres noch das eines anderen. Es ist nur Licht. Das ist Liebe.

# Das Wunder
# der Aufmerksamkeit

Können wir alle Vorstellungen, Konzepte und Theorien beiseite lassen und für uns selbst herausfinden, ob es etwas Heiliges gibt – ich meine nicht das Wort, denn das Wort ist nicht das Eigentliche, die Beschreibung ist nicht das Beschriebene –, können wir sehen, ob es etwas Echtes, Wirkliches gibt, kein Phantasiegebilde, nichts Illusionäres, Eingebildetes, keinen Mythos, sondern eine Wirklichkeit, die niemals zerstört werden kann, eine ewige Wahrheit?

Um das herauszufinden, es zu entdecken, muß man alle Autoritäten, besonders die spirituellen, entschieden zurückweisen, denn Autorität bedeutet Konformität, Gehorsam, bedeutet, ein bestimmtes Muster zu übernehmen.

Der Geist muß fähig sein, für sich allein zu stehen, sich selbst ein Licht zu sein. Einem anderen Menschen zu folgen, einer Gruppe anzugehören, von einer Autorität vorgeschriebene Meditationstechniken zu praktizieren, ist völlig irrelevant für einen Menschen, der herausfinden will, ob es etwas Ewiges, Zeitloses gibt, etwas, das vom Denken nicht erfaßt werden kann, aber dennoch in unserem täglichen Leben wirkt. Wenn Meditation nicht Teil unseres Alltagslebens ist, ist sie eine Flucht und daher absolut nutzlos. All das bedeutet, daß man auf sich selbst gestellt sein muß.

Es gibt einen Unterschied zwischen Isolation und Alleinsein, zwischen Einsamkeit und der Fähigkeit, klar und frei von äußerer Beeinflussung auf sich selbst gestellt zu sein.

Wir beschäftigen uns hier mit dem Leben als Ganzes, nicht mit einem Ausschnitt davon, einem Fragment, sondern mit der Gesamtheit dessen, was Sie tun, denken und fühlen, mit Ihrem gesamten Verhalten. Und da es uns um das Leben als Ganzes geht, können wir nicht ein Fragment, in diesem Fall das Denken, herausgreifen und mittels dieses Denkens all unsere Probleme lösen. Der Verstand verleiht sich vielleicht selbst die Autorität, all die anderen Bruchstücke zusammenzufügen, aber er selbst hat ja diese Bruchstücke geschaffen. Wir sind darauf konditioniert, in Begriffen wie Fortschritt oder allmählicher Entwicklung zu denken. Die Menschen glauben an eine geistige Weiterentwicklung, aber kann das, was wir als »Ich« bezeichnen, auf geistiger Ebene irgend etwas anderes erreichen als die Projektion des Denkens?

Um herauszufinden, ob es etwas gibt, das keine Gedankenprojektion, keine Illusion, kein Mythos ist, müssen wir uns fragen, ob das Denken kontrolliert, in Schach gehalten, unterdrückt werden kann, so daß der Geist völlig still ist. Kontrolle bedeutet, daß da einerseits der Kontrollierende ist, und andererseits das, was kontrolliert wird, nicht wahr? Wer aber ist der Kontrollierende? Wird er nicht auch vom Denken erschaffen, ist er nicht auch eines der Fragmente des Denkens, das als der Kontrollierende Autorität beansprucht? Wenn Sie diese Wahrheit sehen können, dann ist der Kontrollierende das Kontrollierte, der Erfahrende ist die Erfahrung, der Denkende der Gedanke. Sie sind nicht voneinander getrennt. Wenn Sie das verstehen, besteht keine Notwendigkeit, etwas zu kontrollieren.

Was geschieht, wenn kein Kontrollierender da ist, weil der Kontrollierende und das Kontrollierte eins sind? Wenn eine Trennung zwischen dem Kontrollierenden und dem Kontrollierten besteht, existiert ein Konflikt, es wird Energie verschwendet. Sind der Kontrollierende und das Kontrollierte eins, findet keine Energieverschwendung statt. Dann sammelt sich die ganze Energie an, die sich zuvor durch die Trennung zwischen dem Kontrollierenden und dem Kontrollierten in Unterdrückung und Widerstand erschöpft hat. Wenn keine Trennung existiert, haben Sie diese ganze Energie zur Verfügung, um über das hinauszugehen, was Sie glaubten kontrollieren zu müssen.

Man muß ganz klar verstehen, daß Meditation nichts mit Gedankenkontrolle, nichts mit Disziplinierung des Denkens zu tun hat, denn derjenige, der das Denken diszipliniert, ist ja selbst ein Fragment des Denkens; derjenige, der die Gedanken kontrolliert, ist Teil des Denkens. Wenn Sie diese Wahrheit sehen, steht Ihnen die ganze Energie zur Verfügung, die zuvor durch Vergleichen, durch Kontrolle und Unterdrückung zerstreut wurde, und Sie können über das, *was ist,* hinausgehen.

Wir fragen uns, ob der Geist absolut still sein kann, denn wo Stille ist, ist viel Energie. Es ist gesammelte Energie. Kann der Geist, der unablässig plappert, der immer in Bewegung ist, der ständig zurückschaut, sich erinnert, Wissen anhäuft, sich ständig verändert, vollkommen still sein? Haben Sie je herauszufinden versucht, ob das Denken zum

Stillstand kommen kann? Wie werden Sie herausfinden, auf welche Weise diese innere Stille zustande kommen kann? Denken ist Zeit, und Zeit ist Bewegung, Zeit hat mit Messen zu tun. Im täglichen Leben sind wir sowohl auf der materiellen als auch auf der psychischen Ebene ständig damit beschäftigt zu messen, zu bewerten, zu vergleichen. Vergleichen bedeutet messen.

Können Sie im täglichen Leben ohne Vergleichen auskommen? Können Sie ganz und gar aufhören zu vergleichen, nicht in der Meditation, sondern im täglichen Leben? Natürlich vergleichen Sie, wenn Sie sich zwischen zwei Materialien entscheiden müssen, zwischen diesem und jenem Stoff; Sie vergleichen zwei Autos miteinander oder verschiedene Wissenszweige, aber wir vergleichen uns auch psychisch, *innerlich,* mit anderen. Können wir, wenn dieses Vergleichen aufhört – und es muß aufhören –, können wir dann vollkommen für uns allein stehen? Das geschieht, wenn man aufhört zu vergleichen – es bedeutet nicht, daß man vor sich hin vegetiert.

Können Sie also im täglichen Leben aufhören zu vergleichen? Tun Sie es einmal, und Sie werden feststellen, was es bedeutet. Sie werfen eine ungeheure Last ab. Und wenn Sie eine solche unnötige Last abwerfen, haben Sie eine Menge Energie zur Verfügung.

Haben Sie schon einmal irgendeiner Sache Ihre totale Aufmerksamkeit gewidmet? Widmen Sie dem, was der Redner sagt, Ihre ganze Aufmerksamkeit? Oder hören Sie mit einem vergleichenden Geist zu, der bereits ein bestimmtes Wissen erworben hat und das Gesagte damit vergleicht? Interpretieren Sie das Gesagte gemäß Ihres eigenen Wissens, Ihrer eigenen Neigungen und Vorurteile? Das hat nichts mit Aufmerksamkeit zu tun, nicht wahr? Wenn Sie völlig aufmerksam sind, mit Ihrem ganzen Körper, Ihrem Nervensystem, Ihren Augen, Ihren Ohren, Ihrem Geist, mit Ihrem ganzen Wesen, dann existiert kein inneres Zentrum, von dem aus Sie zuhören. Dann existiert nur noch die Aufmerksamkeit. Diese Aufmerksamkeit ist absolute Stille.

Bitte hören Sie genau zu. Niemand wird Ihnen all diese Dinge sagen; nehmen Sie das Gesagte deshalb bitte ganz aufmerksam auf, so daß bereits der Akt des Hörens zu einem Wunder wird. In diesem Zustand der Aufmerksamkeit gibt es keine Grenze, keine Begrenzungen, und deshalb keine Richtung. Es existiert nichts außer dieser Aufmerksamkeit, kein Ich und kein Du, keine Dualität, weder der Beobachter noch das Beobachtete. Das ist nicht möglich, wenn der Geist sich in eine bestimmte Richtung bewegt.

Wir werden dazu erzogen und konditioniert, uns in bestimmte Richtungen zu bewegen – von hier nach dort. Wir haben eine Idee, einen Glauben, eine Vorstellung, daß es dort eine andere Wirklichkeit geben müsse, einen Zustand der Glückseligkeit, irgend etwas jenseits des Denkens, und wir fixieren das als Ideal, als Ziel, und bewegen uns in diese Richtung. Wenn Sie in eine Richtung gehen, gibt es keinen Raum. Wenn Sie sich konzentrieren und in eine bestimmte Richtung gehen oder denken, ist in Ihrem Geist kein Raum. Sie haben keinen inneren Raum, wenn Ihr Geist vollgestopft ist mit Vorlieben und Bindungen, mit Ängsten und Wünschen, mit dem Verlangen nach Vergnügen, Macht und Status. Dann herrscht in Ihrem Geist drangvolle Enge. Aber dieser innere Raum ist notwendig, und wo Aufmerksamkeit herrscht, gibt es keine Richtung, sondern Raum.

Meditation hat überhaupt nichts mit Bewegung zu tun. Das heißt, der Geist ist absolut still, er bewegt sich in gar keine Richtung. Es findet keine Bewegung statt. Bewegung ist Zeit, Bewegung ist Denken. Wenn Sie diese Wahrheit verstehen – nicht die verbale Beschreibung, sondern die Wahrheit, die nicht beschrieben werden kann –, dann ist der Geist still. Und es ist notwendig, einen stillen Geist zu haben – aber nicht, um länger schlafen oder seinen Job besser machen oder mehr Geld verdienen zu können!

Das Leben der meisten Menschen ist leer, armselig. Selbst wenn sie eine Menge Wissen erworben haben, ist ihr Leben armselig, widersprüchlich, fragmentarisch, unglücklich. All das ist Armut, und sie verschwenden ihr Leben, indem sie versuchen, innerlich reich zu werden, verschiedene Tugenden zu kultivieren. All dieser ganze Unsinn eben. Nicht, daß Tugend überflüssig wäre – aber Tugend ist Ordnung, und was Ordnung wirklich ist, kann man nur verstehen, wenn man sich die eigene innere Unordnung genau angeschaut hat. Wir führen ein unordentliches Leben. Das ist eine Tatsache. Widersprüchlichkeit ist Unordnung, Verwirrung ist Unordnung, ebenso wie die verschiedenen einander widerstrebenden Wünsche. Unordnung bedeutet, das eine zu sagen und etwas anderes zu tun, Ideale zu haben und von diesen Idealen getrennt zu sein. All das bedeutet Unordnung, aber wenn Sie sich ihrer bewußt sind und ihr Ihre ganze Aufmerksamkeit widmen, dann geht aus dieser Aufmerksamkeit eine Ordnung hervor, die Tugend ist – etwas Lebendiges, nichts Ausgedachtes, nichts, was praktiziert werden muß.

Meditation im Alltag ist eine geistige Transformation, eine psychische Revolution, die dazu führt, daß in unserem täglichen Leben – nicht theoretisch, nicht abstrakt, sondern tatsächlich – in jedem Augenblick Mitgefühl und Liebe da sind sowie genügend Energie, um die ganze Kleinlichkeit, die geistige Enge und Oberflächlichkeit zu transzendieren.

Wenn der Geist still ist – ich meine wirklich still –, dann ist da eine völlig andere Dimension, die jenseits der Zeit existiert.

Sie wissen, daß es absurd wäre, darauf noch weiter einzugehen. Es wäre eine rein verbale Beschreibung und deshalb nicht real. Wichtig ist die Kunst der Meditation. Das Wort »Kunst« bedeutet unter anderem, alles an seinen richtigen Platz zu bringen, alles in unserem Leben, *in unserem täglichen Leben,* an seinen richtigen Platz zu schaffen, so daß die Verwirrung ein Ende hat. Und wenn Ordnung herrscht, wenn man sich richtig verhält und der Geist im täglichen Leben völlig still ist, dann wird dieser Geist für sich selbst herausfinden, ob es das Unermeßliche gibt oder nicht. Solange man die höchste Form von Heiligkeit nicht findet, ist das Leben dumpf, bedeutungslos. Deshalb ist Meditation, die richtige Art der Meditation, absolut notwendig, damit der Geist jung, frisch, unschuldig wird. »Unschuldig« bedeutet unverletzbar. All das ist mit einer Meditation verbunden, die nicht von unserem täglichen Leben getrennt ist. Für das Verstehen unseres täglichen Lebens ist Meditation absolut notwendig. Meditation bedeutet, bei allem, was man tut, völlig aufmerksam zu sein – beispielsweise darauf zu achten, wie man mit jemandem spricht, wie man geht, wie man denkt, was man denkt: Das aufmerksame Wahrnehmen all dieser Dinge ist Teil der Meditation.

Meditation ist keine Flucht. Sie ist auch nichts Mysteriöses, sondern sie führt zu einem Leben, das heil ist, das heilig ist. Dann behandeln Sie alle Dinge als etwas Heiliges.

# Ein Leben in Güte

Warum war der Mensch bisher nicht in der Lage, sich zu ändern? Er ändert sich lediglich hier und dort ein bißchen und stellt dennoch den Anspruch, die Gesellschaft möge »gut« sein. Er wünscht sich Ordnung, und zwar nicht nur in sich selbst und in seinen Beziehungen, wie intim oder oberflächlich sie auch sein mögen, sondern er wünscht sich auch Frieden auf der Welt, er will sich in Ruhe entfalten können. Die Menschheit hegt diesen Wunsch seit Urzeiten. Doch je zivilisierter der Mensch wird, desto mehr Unordnung schafft er, desto mehr Kriege gibt es. Zu keiner Zeit herrschte überall auf der Welt Frieden. Irgendwo haben immer Menschen andere Menschen getötet, hat eine Religion versucht, eine andere zu zerstören, hat eine Institution andere Institutionen beherrscht, eine Organisation andere Organisationen unterdrückt.

Fragen Sie sich eigentlich nie, wenn Sie sich dieses unaufhörlichen Kampfes bewußt sind, ob es möglich ist, in dieser Welt zu leben, ohne vor ihr zu fliehen, ohne in einer Kommune unterzutauchen oder Einsiedler oder Mönch zu werden – fragen Sie sich nie, ob man in dieser Welt intelligent und glücklich leben kann ohne diesen ständigen inneren und äußeren Kampf? Falls Sie sich das fragen – und ich hoffe, daß Sie das jetzt tun, weil wir gemeinsam darüber nachdenken –, dann müssen Sie zwangsläufig die Forderung nach einer guten Gesellschaft stellen. Eine gute Gesellschaft zu erschaffen war bereits der Traum der frühen Hindus, der alten Griechen und Ägypter. Aber eine gute Gesellschaft kann es nur geben, wenn der Mensch gut ist, denn dann bringt er das Gute hervor – in seinen Beziehungen, durch sein Handeln, seine Lebensweise. Mit »dem Guten« ist auch das Schöne gemeint und das Heilige. Es hat eine Beziehung zu Gott, zum höchsten Prinzip. Man muß das Wort »gut« wirklich ganz klar verstehen. Wenn Güte in Ihnen ist, dann ist alles gut, was Sie tun; Ihre Beziehungen sind gut, Ihr Handeln, Ihre Art zu denken. Man kann die ganze Bedeutung dieses Wortes, die außerordentliche Qualität dieses Wortes unmittelbar erfassen.

Bitte lassen Sie uns das gemeinsam ganz sorgfältig anschauen, denn wenn Sie dieses Wort wirklich in seiner Tiefe erforschen, wird es Ihr Bewußtsein beeinflussen, Ihre Art zu denken, Ihr ganzes Leben. Widmen Sie dem Verstehen dieses Wortes also ein wenig Aufmerksamkeit. Das Wort ist nicht das Eigentliche. Ich kann einen Berg wunderschön beschreiben, kann ihn malen, ein Gedicht über ihn verfassen, aber das Wort, die Beschreibung, das Gedicht ist nicht der Berg. Im allgemeinen lassen wir uns emotional von dem Wort, von der Beschreibung in die Irre führen.

Das Gute ist nicht das Gegenteil vom Bösen; es steht überhaupt nicht in Beziehung zum Häßlichen, Bösen, Schlechten, Unschönen. Das Gute existiert für sich selbst. Wenn Sie sagen, das Gute geht aus dem Schlechten, dem

Bösen, dem Häßlichen hervor, dann trägt das Gute das Böse, das Häßliche und Brutale in sich.

Also muß das Gute völlig losgelöst von dem existieren, was nicht gut ist – und so ist es auch.

Das Gute kann nicht existieren, wenn irgendeine Form von Autorität akzeptiert wird. Autorität ist etwas sehr Komplexes. Da gibt es die Autorität der Gesetze, die sich der Mensch seit Jahrtausenden geschaffen hat. Dann gibt es die Naturgesetze und das Gesetz unserer eigenen Erfahrung, dem wir gehorchen, sowie das Gesetz unserer eigenen kleinlichen Reaktionen, die unser Leben beherrschen. Außerdem gibt es die Gesetze der Institutionen, der organisierten Glaubenssysteme, die wir Religionen oder Dogmen nennen. Wir sagen, daß das Gute keinerlei Beziehung zu irgendeiner Form von Autorität hat.

Untersuchen Sie das, schauen Sie es sich an. Güte hat nicht das geringste mit dem Streben nach Konformität zu tun. Wenn Sie sich einem Glaubenssystem, einer Vorstellung, einer Idee, einem Prinzip anpassen, so ist das nicht gut, weil es einen Konflikt erzeugt. Güte kann nicht durch irgend jemand anderen zum Blühen gebracht werden, durch keinen religiösen Führer, kein Dogma, kein Glaubenssystem. Güte kann nur auf dem Boden totaler Achtsamkeit aufblühen, da, wo es keinerlei Autoritäten gibt. Ein konfliktfreier Geist ist die Essenz des Guten. Güte bedeutet große Verantwortung. Man kann nicht gut sein und gleichzeitig zulassen, daß Kriege geführt werden. Ein Mensch, der wirklich gut ist, ist absolut verantwortlich für sein ganzes Leben.

Wir fragen uns, ob jemand, der in einer Gesellschaft mit dem ganzen Druck der Institutionen, der Glaubenssysteme, der autoritären religiösen Führer aufgewachsen ist, überhaupt gut sein kann; denn nur wenn der einzelne gut ist, wenn er, als menschliches Wesen, total und absolut gut ist – absolut, nicht teilweise –, nur dann können wir eine andere Gesellschaft schaffen. Kann man in dieser Welt leben, verheiratet sein, Kinder haben, einen Beruf ausüben, und dennoch gut sein? So wie wir das Wort »gut« benutzen, steht es für große Verantwortlichkeit, Fürsorglichkeit, Achtsamkeit, Sorgfalt, Liebe. All das ist in diesem Wort enthalten. Ist Ihnen das möglich? Wenn nicht, dann akzeptieren Sie die Gesellschaft, wie sie ist. Um eine andere Gesellschaft zu erschaffen, eine von Grund auf gute Gesellschaft, in dem Sinne, wie wir das Wort »gut« gebrauchen, müssen wir viel Energie aufbringen. Es erfordert Ihre ganze Aufmerksamkeit, das heißt, Ihre Energie, Menschen haben eine Menge Energie; wenn sie etwas wirklich *wollen,* dann tun sie es.

Was hindert Menschen daran, absolut gut zu sein? Was ist das Hindernis? Wo ist die Blockade? Warum sind die Menschen – sind Sie – nicht absolut gut? Ein Mensch, der die Dinge beobachtet, der erkennt, was die Welt ist, und daß er die Welt ist. Er sieht, daß die Welt nicht von ihm getrennt ist, daß er die Welt erschaffen hat, daß er die Gesellschaft und die Religionen mit ihren unzähligen Dogmen, Glaubenssystemen, Ritualen, mit all ihren trennenden Aspekten erschaffen hat. Das haben Menschen geschaffen. Ist es das, was uns daran hindert, gut zu sein? Ist es, weil wir an etwas glauben oder weil wir so sehr mit unseren eigenen Problemen beschäftigt sind, unseren sexuellen Schwierigkeiten, unseren Ängsten, unserer Einsamkeit, unserem Erfolgsstreben, unserem Wunsch, uns mit irgend etwas zu identifizieren? Ist es das, was ein menschliches

Wesen davon abhält, gut zu sein? Wenn diese Dinge uns daran hindern, dann sind sie völlig wertlos. Wenn Sie sehen, daß diese Qualität, diese Güte durch jeglichen Druck – einschließlich den Ihrer eigenen Glaubenssätze, Ihrer eigenen Prinzipien und Ideale – absolut verhindert wird, dann werden Sie diese Dinge ohne Zweifel, ohne inneren Konflikt einfach beiseite tun, denn Sie erkennen, wie dumm sie sind.

Dieses große Chaos, diese ganze Unordnung auf der Welt ist eine Bedrohung für das Leben. Sie verbreitet sich überall. Jeder ernsthafte Beobachter, der sich selbst und die Welt betrachtet, muß sich diese Fragen stellen. Die Wissenschaftler, die Politiker, die Philosophen, die Psychoanalytiker und die Gurus – ob sie nun aus Indien, aus Tibet oder aus Ihrem eigenen Land stammen – haben die Probleme der Menschheit nicht gelöst. Sie haben alle möglichen Theorien verbreitet, aber die Probleme haben sie nicht gelöst. Das kann niemand anders tun. Wir selbst müssen diese Probleme lösen, weil wir sie geschaffen haben. Doch unglücklicherweise sind wir nicht bereit, uns unsere eigenen Probleme anzuschauen, den Dingen einmal wirklich auf den Grund zu gehen, um herauszufinden, warum wir ein so absolut selbstbezogenes, egoistisches Leben führen.

Wir fragen uns, ob wir gut sein können, ob wir ein gutes Leben mit all seiner Schönheit und Heiligkeit führen können. Wenn wir es nicht können, dann werden wir die zunehmenden Bedrohungen in unserem eigenen Leben, im Leben unserer Kinder und Enkelkinder akzeptieren.

Sind wir bereit, uns intensiv mit den Fragen auseinanderzusetzen, die wir uns stellen müssen, um uns selbst zu erkennen? Denn wir selbst sind die Welt. Überall auf der Welt leiden die Menschen psychisch, innerlich – Menschen aller Hautfarben, aller Religionsgemeinschaften, aller Nationen. Sie leiden unter furchtbaren Ängsten, großer Einsamkeit, Verzweiflung, Depression; sie spüren die Sinnlosigkeit unserer Lebensweise. Psychologisch betrachtet sind sich die Menschen überall auf der Welt ähnlich. Das ist eine Realität, das ist die Wahrheit, das ist eine Tatsache. Psychologisch betrachtet sind Sie also die Welt, und die Welt sind Sie; und wenn Sie sich selbst verstehen, verstehen Sie das Wesen der ganzen Menschheit. Das ist keine Nabelschau, keine Selbstbezogenheit, denn wenn Sie sich selbst verstehen, gehen Sie über sich selbst hinaus, dann zeigt sich eine andere Dimension.

Was kann uns dazu bewegen, uns zu ändern? Noch mehr Erschütterungen? Noch mehr Katastrophen? Andere Regierungsformen? Andere Vorbilder? Andere Ideale? Davon hatten Sie schon eine ganze Menge, aber Sie haben sich nicht geändert. Je komplexer unser Bildungssystem, je zivilisierter wir werden – zivilisiert im Sinne einer Entfremdung von der Natur –, desto inhumaner werden wir. Was sollen wir also tun? Da alle Dinge außerhalb meiner selbst, einschließlich aller Götter, versagt haben, ist es offensichtlich, daß ich allein dafür verantwortlich bin, mich selbst zu verstehen. Ich muß erkennen, was ich bin, und mich radikal ändern. Daraus entsteht Güte. Dann können wir eine gute Gesellschaft schaffen.

# Das Licht im eigenen Innern

Man kann reden und reden, endlos Worte aneinander-
reihen, alle möglichen Schlüsse ziehen, aber wenn es
neben all dieser verbalen Verwirrung auch nur eine einzige
klare Handlung gibt, dann wiegt diese Handlung zehntausend Worte auf. Die meisten von uns haben Angst davor, zu
handeln, weil sie verwirrt, chaotisch, widersprüchlich und
verzweifelt sind. Wir hoffen, daß trotz dieser Verwirrung
und Unordnung eine gewisse Klarheit entstehen kann: eine
Klarheit, die nicht von außen kommt, die nicht vernebelt
werden kann; eine Klarheit, die weder von irgend jemandem gegeben wird noch genommen werden kann; eine
Klarheit, die ohne Willensanstrengung erhalten bleibt, hinter der kein Motiv steckt; eine Klarheit, die kein Ende und
deshalb auch keinen Anfang hat.

Die meisten von uns wünschen sich das; wir wünschen
uns eine solche Klarheit, wenn wir uns überhaupt unserer
inneren Verwirrung bewußt sind. Wir wollen sehen, ob wir
zu dieser Klarheit gelangen können, so daß wir in Kopf und
Herz ganz klar und frei werden, frei von allen Problemen
und Ängsten. Es wäre außerordentlich lohnend herauszu-

finden, ob man sich selbst ein Licht sein kann, ein Licht, das von niemand anderem abhängt und absolut frei ist. Man kann ein Problem intellektuell untersuchen, kann es analysieren, kann versuchen, Schicht für Schicht der Verwirrung und Unordnung abzutragen, aber das dauert viele Tage, viele Jahre, vielleicht ein ganzes Leben lang, und am Ende stellt man möglicherweise fest, daß man gar nichts herausgefunden hat. Man kann also diesen analytischen Prozeß durchlaufen, kann Ursache und Wirkung untersuchen, aber man kann all das vielleicht auch völlig beiseite schieben und das Problem ganz direkt, ohne die Vermittlerrolle des Verstandes, anschauen.

Dazu ist Meditation notwendig. Das Wort »Meditation« ist, wie das Wort »Liebe«, ziemlich abgenutzt, es ist beschmutzt worden. Aber es ist eigentlich ein schönes Wort, dem eine tiefe Bedeutung innewohnt. Es liegt eine große Schönheit darin, nicht nur in dem Wort an sich, sondern in seiner Bedeutung.

Wir werden für uns selbst herausfinden, ob wir in diesen Zustand gelangen können, in dem der Geist ständig in Meditation ist. Um aber das Fundament für diese Meditation legen zu können, muß man verstehen, was Leben ist – Leben und Sterben. Das Verstehen des Lebens und das Erfassen der außerordentlichen Bedeutung des Todes *ist* Meditation. Das hat weder mit der Suche nach irgendeiner tiefen mystischen Erfahrung zu tun noch mit der ständigen Wiederholung einer Reihe von Wörtern wie »heilig«, wie altüberliefert sie auch sein mögen. Dadurch wird der Geist nur ruhiggestellt, aber er wird auch abgestumpft, hypnotisiert. Da können Sie genausogut eine Beruhigungspille schlucken, das ist viel bequemer. Das Wiederholen von

Wörtern, diese Selbsthypnose, das Praktizieren einer Technik oder Methode hat überhaupt nichts mit Meditation zu tun.

Erfahrung setzt einen Prozeß des Wiedererkennens voraus. Gestern habe ich eine Erfahrung gemacht, die mir entweder Vergnügen oder Schmerz bereitete. Um diese Erfahrung ganz zu durchleben, muß ich sie erkennen. Doch es ist ein Erkennen von etwas, das bereits geschehen ist, und deshalb kann Erfahrung niemals neu sein. Die Wahrheit kann nie erfahren werden: Das ist das Schöne an ihr, sie ist immer neu und nie etwas, das gestern geschah. Was gestern geschah, die Ereignisse, die gestern stattfanden, müssen völlig vergessen oder durchlebt werden, müssen abgeschlossen werden. Es erscheint absolut unsinnig, diese Erfahrung weiter mit sich herumzutragen, um sie als Erfolg werten oder andere damit beeindrucken oder überzeugen zu können. Mit dem Wort »Erfahrung« muß man sehr vorsichtig umgehen, denn man kann sich an eine Erfahrung nur erinnern, wenn man sie bereits durchlebt hat. Und das bedeutet, daß da ein inneres Zentrum sein muß, ein Denkender, ein Beobachter, der das Ereignis, das eigentlich bereits vorbei ist, weiterhin festhält. Die Wahrheit kann man nicht erfahren. Solange ein sich erinnerndes inneres Zentrum existiert, solange ein denkendes »Ich« existiert, kann Wahrheit nicht existieren. Wenn irgend jemand behauptet, er hätte die Wahrheit erfahren, sollten Sie ihm mißtrauen. Akzeptieren Sie eine solche Autorität nicht.

Wir alle wollen jemandem glauben, der uns etwas verspricht, denn wir haben kein Licht in unserem eigenen Innern. Aber dieses Licht kann Ihnen niemand geben: kein Guru, kein Lehrer, kein Erlöser, *niemand*. In der Vergangenheit haben wir viele Autoritäten akzeptiert, haben anderen vertraut, aber sie haben uns entweder ausgebeutet oder völlig in die Irre geführt. Man muß also mißtrauisch sein und jegliche spirituellen Autoritäten zurückweisen. Niemand kann uns jenes Licht geben, das nie erlischt.

Einem anderen zu folgen heißt, ihn nachzuahmen. Doch dadurch leugnet man nicht nur die eigene innere Klarheit, die eigene Fähigkeit, den Dingen auf den Grund zu gehen, die eigene Integrität und Ehrlichkeit; man erwartet auch eine Belohnung dafür. Die Wahrheit ist keine Belohnung! Wenn man verstehen will, was Wahrheit ist, muß man sich von den Gedanken an Belohnung oder Bestrafung völlig lösen. Autorität geht mit Angst einher, und wenn man sich diszipliniert, weil man fürchtet, andernfalls das, was ein Ausbeuter im Namen der Wahrheit verspricht, nicht zu bekommen, so verleugnet man damit seine eigene Klarheit und Authentizität.

Wenn Sie sagen, Sie *müssen* meditieren, Sie müssen einem bestimmten Weg folgen oder eine bestimmte Technik praktizieren, dann konditionieren Sie sich ganz offensichtlich im Sinne dieses Systems oder dieser Technik. Vielleicht erreichen Sie das, was die Methode verspricht, aber es wird Asche in Ihren Händen sein, denn das dahinterstehende Motiv ist das Streben nach Erfolg, und dieses Streben entspringt der Angst.

Zwischen Ihnen und mir steht keine Autorität. Der Redner beansprucht keinerlei Autorität. Er versucht nicht, Sie von irgend etwas zu überzeugen, und fordert Sie nicht auf, ihm zu folgen. Wenn Sie jemandem folgen, zerstören Sie diese Person. Der Jünger zerstört den Meister, und der Meister zerstört den Jünger. Das zeigt sich nicht nur in der Geschichte, sondern auch im täglichen Leben: Wenn Eheleute einander dominieren, zerstören sie sich gegenseitig. Darin liegt keine Freiheit, keine Schönheit; es hat nichts mit Liebe zu tun.

Wenn wir nicht das richtige Fundament legen, ein Fundament der Ordnung, der klaren Linie und Tiefe, wird das Denken unweigerlich quälend, illusionär, irreal und daher wertlos werden. Das Schaffen dieser Grundlage, dieser Ordnung ist der Anfang der Meditation. Unser Leben, dieses tägliche Leben, das wir vom Augenblick unserer Geburt bis zu unserem Tode führen, in dessen Verlauf wir heiraten, Kinder bekommen, Berufe ergreifen, Erfolge erzielen, ist ein Schlachtfeld, und zwar nicht nur innerlich, sondern auch in der Außenwelt, in unserer Familie, im Büro, in der Gemeinde. Unser Leben ist ein ständiger Kampf. Das nennen wir Leben. Schmerz, Angst, Verzweiflung, Anspannung. Unser Leben ist von großem Leid überschattet. Vielleicht kann eine kleine Minderheit dieses Chaos beobachten, sie ohne nach Gründen in der Außenwelt zu suchen, obwohl es auch äußere Gründe gibt. Vielleicht ist eine kleine Minderheit in der Lage, diese ganze Unordnung zu beobachten, sie nicht nur auf der bewußten, sondern auch auf einer tieferen Ebene wahrzunehmen und diese Unordnung, diese Verwirrung, dieses beängstigende Chaos im Innern und in der Welt weder anzunehmen noch abzulehnen. Es ist immer die kleine Minderheit, die bedeutende Veränderungen bewirkt.

Es wurde, insbesondere im Westen, schon viel über das Unbewußte geschrieben. Man maß ihm eine außerordentliche Bedeutung bei. Aber es ist genauso trivial, genauso oberflächlich wie der bewußte Geist. Das können Sie selbst beobachten. Und wenn Sie das tun, werden Sie sehen, daß das, was wir das Unbewußte nennen, lediglich Überbleibsel der ethnischen und kulturellen Entwicklung, der Familiengeschichte, der eigenen Motive und Vorlieben sind. Diese Überbleibsel existieren dort im Verborgenen. Und der bewußte Geist ist mit der täglichen Alltagsroutine beschäftigt: mit dem Beruf, der Sexualität und so weiter. Es scheint ziemlich sinnlos, dem einen oder dem anderen besondere Bedeutung beizumessen. Beide sind ziemlich bedeutungslos, abgesehen davon, daß der bewußte Geist technisches Wissen besitzen muß, damit man seinen Lebensunterhalt verdienen kann.

Dieser ständige Kampf, der sowohl im Innern auf einer tieferen Ebene als auch an der Oberfläche tobt, ist unser Leben. Es ist eine von Unordnung, von Disharmonie, von Widersprüchlichkeit und Leid geprägte Lebensweise; und für einen Geist, der darin verstrickt ist, ist der Versuch zu meditieren bedeutungslos, ja infantil. Meditieren heißt, Ordnung in dieses Chaos zu bringen, aber nicht durch Anstrengung, denn jegliche Form von Bemühung oder Anstrengung führt zu einer Verzerrung der Realität. Um die Wahrheit sehen zu können, muß der Geist absolut klar sein, ohne jegliche Verzerrungen, ohne zwanghafte Impulse, ohne Streben in irgendeine bestimmte Richtung.

Man muß also die Grundlage schaffen. Das heißt, daß Tugend notwendig ist, und Ordnung ist Tugend. Diese Tugend hat nicht das geringste mit der gesellschaftlichen Moral, die wir gemeinhin akzeptieren, zu tun. Die Gesellschaft hat uns eine bestimmte Moral aufgezwungen, aber diese Gesellschaft ist nichts anderes als das Produkt jedes einzelnen Menschen. Die gesellschaftliche Moral besagt, daß man gierig sein darf, daß man andere im Namen Gottes, im Namen eines Ideals töten darf, daß man konkurrieren darf, daß man neidisch sein darf. All das ist im Rahmen unserer Gesetze möglich. Aber eine solche Moral ist überhaupt keine Moral. Diese Moral müssen Sie in Ihrem Innern völlig verwerfen, um wirklich tugendhaft sein zu können. Das ist die Schönheit der Tugend; Tugend ist keine Gewohnheit, nichts, was man Tag für Tag praktizieren kann. Denn das wäre ja eine bedeutungslose, mechanische Routine; aber echte Tugend bedeutet, die Unordnung zu verstehen, jene Unordnung, die uns innerlich so widersprüchlich macht, diese Tyrannei der verschiedenen Wünsche und Bestrebungen, der Gier, des Neids und der Angst. Das sind die Ursachen des inneren und äußeren Chaos. Wenn man sich dessen bewußt ist, ist man in Berührung mit der Unordnung, und man kann damit nur in Berührung sein, wenn man sie nicht leugnet, wenn man nicht versucht, Ausreden zu finden, wenn man nicht anderen die Schuld daran gibt.

Ordnung ist nicht etwas, das man herstellen kann – allein die Verneinung der Unordnung bringt Ordnung hervor. Tugend, die gleichbedeutend mit Ordnung ist, ergibt sich aus dem Verstehen des ganzen Wesens der Unordnung. Das ist ziemlich einfach, wenn wir in unserem eigenen Innern beobachten, wie chaotisch und widersprüchlich wir sind: Wir hassen, und wir glauben zu lieben – das ist der Beginn der Unordnung, der Dualität, und Tugend geht nicht aus der Dualität hervor. Tugend ist etwas Lebendiges, etwas, das täglich neu ist und niemals eine Wiederholung dessen, was Sie gestern Tugend nannten. Das wäre etwas Mechanisches, Wertloses. Wir brauchen also Ordnung, und diese Ordnung ist Teil der Meditation.

Ordnung ist Schönheit, und es gibt so wenig Schönheit in unserem Leben. Schönheit ist nichts von Menschen Gemachtes; sie ist nicht in einem Bild zu finden, wie modern oder alt es auch sein mag, nicht in einem Gebäude, einer Statue, einer Wolke, einem Blatt oder im Wasser. Schönheit ist dort, wo Ordnung ist – in einem klaren, nicht verwirrten Geist, in dem absolute Ordnung herrscht. Und Ordnung kann nur herrschen, wo das Selbst völlig verneint wird, wo das »Ich« keinerlei Bedeutung hat. Das Ende des »Ich« ist Teil der Meditation, es ist tatsächlich die *einzige* Meditation.

Ihr Leben wird vom Denken bestimmt. Sie haben dem Denken ungeheure Bedeutung verliehen, doch das Denken ist etwas Altes; es ist niemals neu, sondern einfach nur das Festhalten an Erinnerungen. Wenn Sie so leben, gibt es natürlich eine gewisse Art von Kontinuität. Aber es ist die Kontinuität von etwas Totem, Vergangenem, Beendetem. Es ist etwas Altes, aber nur, wenn etwas endet, kann etwas Neues entstehen. Es ist also sehr wichtig, die Bedeutung des Sterbens zu verstehen. Alles in sich sterben zu lassen, was man weiß. Haben Sie das je versucht? Frei von Bekanntem, frei von den eigenen Erinnerungen zu sein, wenn auch nur für ein paar Tage – Ihre Vergnügungen, Ihre Familie, Ihr Haus, Ihren Namen ohne Ängste oder Einwände innerlich loszulassen, völlig anonym zu werden? Nur ein Mensch, der völlig anonym geworden ist, befindet sich im Zustand der Gewaltlosigkeit, der kennt keine Gewalt. Sterben Sie innerlich also jeden Tag, nicht fiktiv, sondern wirklich. Tun Sie es einmal.

Man hat soviel angesammelt, nicht nur Bücher, Häuser, Bankkonten, sondern auch innerlich: die Erinnerungen an

Beleidigungen, an Schmeicheleien, an bestimmte individuelle Erfahrungen, an Erfolge, die Ihnen Status verleihen. Was wäre, wenn Sie all das, ohne Diskussion, ohne Angst loslassen würden, wenn Sie es einfach aufgeben würden? Tun Sie es einmal, und Sie werden sehen.

Wenn Sie das innerlich tun – ich meine nicht, daß Sie Ihre Frau oder Ihren Mann, Ihre Kinder oder Ihr Haus verlassen oder Ihre Kleider wegwerfen sollen –, dann sind Sie an nichts gebunden. Und darin liegt große Schönheit. Das ist Liebe, nicht wahr? Liebe ist Freiheit von Bindungen. Wo Bindungen bestehen, existiert Angst. Und Angst führt unweigerlich zu autoritärem, besitzergreifendem, unterdrückendem, dominantem Verhalten.

Meditation ist das Verstehen des Lebens, das zur Ordnung führt. Ordnung ist Tugend, und Tugend ist Licht. Dieses Licht kann nicht von irgend jemand anderem entzündet werden, wie erfahren, wie klug, wie gelehrt, wie spirituell er auch sein mag. Niemand auf der Erde oder im Himmel kann dieses Licht entzünden – das können nur Sie selbst durch Ihr eigenes Verstehen und Ihre Meditation tun.

Innerlich alles loslassen, alles sterben lassen! Denn Liebe ist jung und unschuldig, rein und klar. Wenn man dann diese Ordnung geschaffen hat, diese Tugend, diese Schönheit, dieses Licht im eigenen Innern gefunden hat, kann man darüber hinausgehen. Das bedeutet, daß der Geist – der das Fundament einer Ordnung gelegt hat, die nicht dem Denken entspringt – absolut still wird, und zwar auf ganz natürliche Weise, ohne jeglichen Zwang, ohne jegliche Disziplin. Und im Licht dieser Stille kann alles Handeln stattfinden, aus dieser Stille heraus kann man sein tägliches Leben leben.

Und wenn man glücklicherweise soweit gegangen ist, dann findet in dieser Stille eine ganz andere Bewegung statt -jenseits der Zeit, jenseits von Worten, – die unermeßlich ist und vom Denken nicht erfaßt werden kann, weil sie stets neu ist. Es ist dieses unermeßliche Etwas, das der Mensch von jeher gesucht hat. Aber Sie müssen es selbst entdekken, niemand kann es Ihnen geben. Es hat nichts mit Worten oder Symbolen zu tun, denn die sind destruktiv. Doch damit Sie es entdecken können, müssen Sie in vollkommener Ordnung, Schönheit und Liebe leben. Und deshalb müssen Sie alles, was Sie wissen, in sich sterben lassen, damit Ihr Geist klar und unbelastet ist, damit er die Dinge im Inneren und im Äußeren sieht, wie sie wirklich sind.

# Die Wahrheit erforschen

Gibt es überhaupt irgend etwas Heiliges im Leben, etwas, das sich der menschliche Verstand nicht ausgedacht hat? Seit undenklichen Zeiten hat sich der Mensch diese Frage gestellt. Gibt es etwas jenseits all dieser Verwirrung, dieses Elends, dieser Dunkelheit, dieser Illusionen, jenseits von Institutionen und Reformen? Gibt es etwas Echtes und Wahres, etwas jenseits von Zeit und Raum, etwas, das so immens ist, daß das Denken es nicht erfassen kann? Der Mensch hat versucht, das herauszufinden, und offensichtlich waren nur ganz wenige Menschen so frei, daß sie Zugang zu dieser Welt hatten. Seit alter Zeit steht der Priester zwischen dem Sucher und dem, was dieser zu finden hofft. Der Priester interpretiert; er wird zu demjenigen, der weiß oder zu wissen glaubt, und der Sucher gerät aufs Nebengleis, wird umgelenkt, verliert sich.

Das Denken hat nichts Heiliges, wie sehr der Verstand sich auch anstrengen mag. Es ist ein materieller Prozeß, so wie auch wir Materie sind. Das Denken hat die Menschen voneinander getrennt, hat sie in Religionen und Nationalitäten eingeteilt. Das Denken entspringt dem Wissen, und

Wissen ist niemals vollständig, deshalb wirkt sich das Denken immer trennend und begrenzend aus. Doch jegliche trennende Aktivität muß zu Konflikten führen: zwischen Kommunisten und Kapitalisten, Arabern und Juden, Hindus und Moslems. Diese Trennungen sind alle auf das Denken zurückzuführen, und wo Trennung herrscht, entsteht Konflikt. Das ist eine Gesetzmäßigkeit. Nichts, was der Verstand konstruiert hat, ist heilig – weder in Büchern noch in Kirchen, noch in Tempeln oder Moscheen. Kein Symbol ist heilig; das hat nichts mit Religion zu tun, sondern nur mit einer bestimmten Form des Denkens, einer oberflächlichen Reaktion auf das, was wir heilig nennen.

Um die Wahrheit erforschen zu können, muß man seine ganze Energie sammeln. Man muß gewissenhaft darauf achten, daß man nicht irgendeinem Muster folgt, sondern die eigenen Gedanken, Gefühle, Abneigungen und Ängste beobachtet und weit über sie hinausgeht, so daß der Geist völlig frei ist. Um das Heilige, das Namenlose, Zeitlose erforschen zu können, darf man zweifellos keiner Gruppe, keiner Religion, keinem Glaubenssystem angehören, weil Glaubenssysteme Dinge als wahr akzeptieren, die vielleicht überhaupt nicht existieren. Glauben bedeutet ja, daß man etwas als wahr betrachtet, ohne es durch eigenes Forschen, durch die eigene lebendige Kraft, die eigene Energie herausgefunden zu haben. Sie glauben, weil der Glaube Ihnen eine gewisse Sicherheit bietet, weil er ihnen Trost spendet; aber ein Mensch, der nur seelischen Trost sucht, wird niemals auf das stoßen, was jenseits von Zeit und Raum existiert. Totale Freiheit ist also die Voraussetzung. Ist es überhaupt möglich, frei von allen Konditionierungen zu sein? Die biologische Konditionierung ist etwas Natürliches, aber die psychische Konditionierung – der Haß, die Feindseligkeit, der Stolz, all diese Dinge, die Verwirrung stiften – ist der Ausdruck des vom Denken erschaffenen »Ich«.

Damit man etwas herausfinden kann, ist Aufmerksamkeit erforderlich – nicht Konzentration. Es ist wirklich wichtig zu meditieren, denn ein rein mechanisch funktionierender Geist kann nie auf diese totale, diese höchste Ordnung stoßen und kann deshalb auch nicht vollkommen frei sein. Im Universum herrscht vollkommene Ordnung. Im menschlichen Geist dagegen herrscht Durcheinander, aber wir brauchen einen außerordentlich klaren Geist, einen Geist, der das Wesen der Unordnung verstanden hat und frei von Widersprüchen, Nachahmungswünschen und Konformität ist. Ein solcher Geist ist aufmerksam. Er ist vollkommen achtsam bei allem, was er tut, bei allen Handlungen und in allen Beziehungen. Achtsamkeit hat nichts mit Konzentration zu tun.

Konzentration ist einschränkend, auf einen bestimmten Bereich begrenzt, während Achtsamkeit grenzenlos ist. Achtsamkeit geht mit Stille einher – aber nicht mit der vom Denken erfundenen Stille, der Stille, die auf den Lärm folgt, nicht mit der Stille zwischen zwei aufeinanderfolgenden Gedanken. Es muß eine Stille sein, die nichts mit Wunschdenken, nichts mit dem Willen oder dem Verstand zu tun hat. In dieser Meditation existiert niemand, der etwas kontrollieren könnte. Bei allen von bestimmten Gruppierungen erfundenen Systemen geht es um Anstrengung, Kontrolle, Disziplin. Doch Disziplin bedeutet lernen – nicht Anpassung, sondern lernen –, so daß der Geist immer sensibler und empfänglicher wird. Lernen ist eine ständige Bewegung; es beruht nicht auf Wissen. Meditation bedeutet Freiheit vom Bekannten, Meßbaren. In einer solchen Meditation herrscht absolute Stille.

Nur in dieser Stille existiert das Namenlose.

# Die Schönheit der Tugend

Das Denken ist eine Bewegung zwischen dem, »was ist«, und dem, »was sein sollte«. Denken entspricht der Zeit, die notwendig ist, um von da nach dort zu gelangen, und solange in der Psyche die Trennung zwischen »da« und »dort« existiert, ist diese Bewegung die vom Denken erzeugte Zeit. Denken ist also Zeit als Bewegung. Gibt es die Zeit als Bewegung, als Denken überhaupt, wenn man einfach nur beobachtet, »was ist«? Ich meine, Beobachten ohne die Trennung zwischen dem Beobachter und dem Beobachteten, ohne die Bewegung, die über das, »was ist«, hinausführt. Es ist sehr wichtig, das wirklich zu verstehen, denn das Denken kann wunderbare Bilder von dem, was heilig ist, erzeugen; das haben alle Religionen getan. Und alle Religionen entspringen dem menschlichen Denken. Alle Religionen beruhen auf ausgedachten Glaubenssystemen, Dogmen, Ritualen. Solange man also das Denken als Zeit und Bewegung nicht vollständig verstanden hat, kann der Geist nicht über sich selbst hinausgehen. Wir sind dazu erzogen, darauf gedrillt worden, das, »was ist«, zu dem, »was sein sollte«, zu machen, zum Idealen, und das braucht

Zeit. Diese ganze Gedankenbewegung, die nötig ist, um den Raum zwischen dem, »was ist«, und dem, »was sein sollte«, zu überbrücken, ist gleichbedeutend mit der Zeit, die erforderlich ist, um »was ist«, in das, »was sein sollte«, umzuwandeln – aber der Beobachter *ist* das Beobachtete, und deshalb gibt es nichts zu verändern; es gibt nur das, »was ist«. Der Beobachter weiß nicht, was er mit dem, »was ist«, anfangen soll, und versucht es deshalb mittels verschiedener Methoden zu verändern, zu kontrollieren oder zu unterdrücken. Aber der Beobachter *ist* das Beobachtete: »Was ist«, ist der Beobachter selbst. Er ist auch Wut und Eifersucht. Es gibt keine vom Beobachter getrennte Eifersucht – sie sind eins. Wenn keine Gedankenbewegung stattfindet, die das, »was ist«, ändern soll; wenn das Denken erkennt, daß es keine Möglichkeit gibt, zu ändern, »was ist«, dann endet das, »was ist«, völlig, weil der Beobachter und das Beobachtete eins sind.

Wenn Sie sehr tief in diese Frage eindringen, werden Sie das selbst sehen. Es ist wirklich ganz einfach. Wenn ich jemanden nicht mag, ist diese Abneigung nicht vom »Ich« oder vom »Du« getrennt. Derjenige, der Abneigung verspürt, *ist* die Abneigung; sie sind nicht voneinander getrennt. Und wenn dann der Verstand sagt: »Ich muß meine Abneigung überwinden«, findet eine zeitgebundene Gedankenbewegung statt, um das, was tatsächlich ist, zu ändern. Das ist eine Gedankenkonstruktion. Der Beobachter – die Wesenheit – und das, was »Abneigung« genannt wird, sind ein und dasselbe. Deshalb findet überhaupt keine Bewegung mehr statt. Ich meine nicht Unbeweglichkeit im Sinne von »statisch«, sondern völlige Bewegungslosigkeit und daher vollkommene Stille. Zeit als Bewegung, Zeit als zielorientiertes Denken, ist also völlig zum Stillstand gekommen, und deshalb geschieht Handeln nun spontan. Der Geist hat die Grundlage geschaffen und ist frei von jeglicher Verwirrung: Nun kann Tugend in all ihrer Schönheit aufblühen. Dieses Fundament ist die Basis jeglicher Beziehungen zwischen Ihnen und anderen Menschen. In einer solchen Beziehung existieren keine inneren Bilder vom Partner. Nur die Beziehung existiert – aber kein Bild, das sich an das andere Bild anpaßt. Es existiert nur, »was ist«, und es findet keine Bewegung statt, die das, »was ist«, zu verändern sucht. Die Veränderung oder Transformation dessen, »was ist«, ist die zeitgebundene Bewegung des Denkens.

Wenn Sie an diesen Punkt gekommen sind, werden der Geist und sogar die Gehirnzellen vollkommen still. Das Gehirn, das Erinnerungen, Erfahrungen, Wissen gespeichert hat, kann und muß im Bereich des Bekannten funktionieren. Aber jetzt ist dieser Geist, dieses Gehirn, frei von Zeit und Denken. Nun ist der Geist vollkommen still. All das geschieht völlig mühelos. Es muß ohne aufgezwungene Disziplin und Kontrolle geschehen, denn diese sind Teil der Verwirrung.

Sie wissen, daß das, was wir sagen, sich völlig von den Aussagen der Gurus, der »Meister«, der Zen-Philosophen unterscheidet, denn hier gibt es keine Autorität, hier folgt niemand einem anderen. Wenn Sie jemandem folgen, zerstören Sie nicht nur sich selbst, sondern auch den anderen. Ein religiöser Geist erkennt keinerlei Autoritäten an. Aber er besitzt Intelligenz und wendet diese Intelligenz an. In der Welt der Materie und des Handelns gibt es die Autorität des Wissenschaftlers, des Arztes, des Fahrlehrers, aber darüber hinaus gibt es keine Autorität, keinen Guru.

Wenn Sie also so weit vorgedrungen sind, hat der Geist Ordnung in Ihre Beziehungen gebracht und versteht die gesamte komplexe Unordnung und Verwirrung, die unseren Alltag bestimmt. Dem Verstehen dieser Unordnung, ihrer wunsch- und ziellosen Wahrnehmung, entspringt die Schönheit einer Tugend, die nicht kultiviert wurde, die nicht vom Denken hervorgebracht wurde. Diese Tugend ist Liebe, Harmonie, und wenn der Geist diese tief in sich verwurzelt hat, dann ist sie unbeweglich und unveränderbar. Dann können Sie die gesamte Bewegung, die gleichbedeutend mit Zeit ist, erforschen. Dann ist der Geist vollkommen still. Es gibt keinen Beobachter, keinen Erfahrenden, keinen Denker.

Es gibt verschiedene Formen sinnlicher und außersinnlicher Wahrnehmung. Hellsehen, Heilen, viele Dinge sind möglich, aber sie sind alle nebensächlich, und ein Geist, dem es wirklich darum geht, die Wahrheit, das Heilige zu entdecken, wird sich nie mit diesen Dingen abgeben.

Dann ist der Geist frei und kann einfach beobachten. Dann ist das, was der Mensch seit Jahrtausenden sucht, das Unbenennbare, das Zeitlose da. Aber es kann nicht mit Worten ausgedrückt werden. Das vom Denken erschaffene Bild löst sich vollständig auf, weil es keine Wesenheit mehr gibt, die es mit Worten ausdrücken will. Ihr Geist kann es nur entdecken, kann nur darauf stoßen, wenn Sie Liebe und Mitgefühl haben – nicht nur für Ihren Nachbarn, sondern auch für die Tiere, die Pflanzen, für alles.

Ein solcher Geist wird selbst zu etwas Heiligem.

# Die Energie sammeln

Das Denken ist begrenzt, weil das Wissen begrenzt ist, und so muß auch alles, was dem Denken entspringt, alles, was der Verstand sich ausdenkt, begrenzt sein. Um verstehen zu können, was ein religiöser Geist ist, braucht man geistige Klarheit und ein reines Herz. Um herauszufinden, was religiöses Bewußtsein ist, muß man sämtliche vom Denken erschaffenen Rituale und Symbole völlig verwerfen. Indem man das Unechte verwirft, findet man das Echte. Man verwirft alle Meditationssysteme, weil man sieht, daß sie eine Erfindung des menschlichen Verstandes sind. Sie sind vom Menschen gemacht. Wir suchen nach einer tiefen inneren Befriedigung, nach Liebe, nach etwas, das stabil und dauerhaft ist, weil unser Leben so schäbig, so bedeutungslos ist. Wir wünschen uns etwas Beständiges, Unveränderliches, und wir glauben, wir könnten es bekommen, wenn wir bestimmte Dinge tun. Aber diese Dinge sind Erfindungen des menschlichen Verstandes, der in sich selbst widersprüchlich ist, und deshalb haben alle vom Denken erschaffenen Meditationssysteme überhaupt nichts mit Meditation zu tun. Man muß also alles, was der Mensch auf der psychischen Ebene erfunden hat, ganz und gar verwerfen.

Es geht nicht um die Erfindungen des Menschen im Bereich der Technik, diese kann man nicht verwerfen, sondern um die Verneinung all jener Dinge, die der Mensch sich auf seiner Suche nach der Wahrheit ausgedacht und niedergeschrieben hat. Wir tappen in diese Falle, weil wir unserem Überdruß, unserem Leid und unserem Schmerz entfliehen wollen. Man muß also alle Meditationshaltungen, alle Atemübungen, alle Aktivitäten des Denkens völlig verwerfen.

Wenn man all das verneint hat, erhebt sich die Frage: Kann das Denken zum Stillstand kommen? Ich meine, das Denken als Zeit – kann die Zeit zum Stillstand kommen? Nicht die äußere, weltliche Zeit, sondern die Zeit, die gleichbedeutend mit »Werden« ist – erleuchtet werden, gewaltlos werden, demütig werden. Dieses ganze Muster des Werdens auf der psychischen Ebene ist Zeit. Auch Denken ist Zeit. Kann das Denken zum Stillstand kommen? Nicht durch Disziplin oder Kontrolle, denn wer ist es, der diszipliniert? Wir leben immer in dieser Dualität: der Kontrollierende und das, was kontrolliert wird; der Beobachter und das Beobachtete; der Erfahrende und die Erfahrung; der Denker und der Gedanke. Immer herrscht in uns diese trennende Dualität. Wahrscheinlich haben wir sie aus dem physischen Bereich verinnerlicht. Dort existiert Dualität: Licht und Schatten, hell und dunkel, Mann und Frau. Wahrscheinlich haben wir das auf die Psyche übertragen.

Gibt es also den Kontrollierenden, der von dem, was kontrolliert wird, getrennt ist? Bitte schauen Sie sich das ganz genau an.

Bei der klassischen, gewöhnlichen Meditation sprechen die Gurus von demjenigen, der kontrolliert, und von dem, was kontrolliert werden muß. Sie fordern ihre Schüler auf, ihre Gedanken zu kontrollieren, weil sie dadurch das Denken zum Stillstand bringen oder sich auf einen einzigen Gedanken konzentrieren könnten. Aber wir fragen, wer der Kontrollierende ist. Vielleicht sagen Sie: »Es ist das höhere Selbst«, »Es ist der innere Zeuge«, »Es ist eine Instanz jenseits des Denkens«, aber der Kontrollierende *ist Teil* des Denkens. Das ist ganz offensichtlich. Also *ist* der Kontrollierende das Kontrollierte. Das Denken hat sich aufgespalten in den Kontrollierenden und das, was er kontrollieren wird, aber es ist immer noch die gleiche Aktivität des Denkens. Es ist ein seltsames Phänomen, daß das Denken Götter erfindet und sie dann anbetet. Das ist Selbstanbetung.

Wenn man also versteht, daß der Kontrollierende und das Kontrollierte eins sind, dann gibt es keine Kontrolle mehr. Es ist gefährlich, das zu Leuten zu sagen, die nicht verstanden haben, worum es hierbei geht. Wir reden nicht der Anarchie das Wort. Wir sagen nur, daß man eine ganz andere Art von Energie hat, wenn man beobachtet, daß der Kontrollierende das Kontrollierte, der Denker der Gedanke ist, und wenn man bei dieser Wahrheit, dieser Realität bleiben kann, ohne daß weitere störende Gedanken ins Spiel kommen.

In der Meditation sammelt sich alle Energie. Ich meine nicht die vom Denken durch Reibung erzeugte Energie, sondern die Energie eines Bewußtseinszustandes, in dem sich jegliche Konflikte restlos aufgelöst haben. Das Wort »Religion« bedeutet wahrscheinlich, daß man all seine Energien bündelt, um gewissenhaft handeln zu können. Ein religiöser Geist handelt gewissenhaft, das heißt fürsorglich, achtsam, beobachtend. Und in diesem Beobachten liegt Zuneigung, Mitgefühl.

Konzentration ist eine weitere Erfindung des Denkens. In der Schule sagt man uns, daß wir uns auf unsere Bücher konzentrieren sollen. Wir lernen, uns zu konzentrieren, versuchen, alle anderen Gedanken auszuschließen und zu vermeiden, aus dem Fenster zu schauen. Konzentration geht mit Widerstand einher; sie verengt die Wahrnehmung und zieht die Lebensenergie auf einen bestimmten Punkt zusammen. Achtsamkeit hingegen, die eine Art wunschloses Gewahrsein ist, bezieht alle Energien ein. Wenn man auf diese Weise aufmerksam ist, gibt es kein Zentrum, von dem aus man die Dinge wahrnimmt. Im Gegensatz dazu nimmt man, wenn man sich konzentriert, die Dinge von einem inneren Zentrum aus wahr.

Wir sollten miteinander auch über den »Raum« sprechen. So wie wir heute leben, ein Appartement über dem anderen, haben wir auf der physischen Ebene keinen Raum. Äußerlich ist kein Raum, und in unserem Innern haben wir ebenfalls keinen Raum, weil unsere Gehirne vollgestopft sind und unser Verstand unablässig plappert. Meditation soll uns ermöglichen, auf jenen Raum zu stoßen, der kein Gedankenkonstrukt ist, jenen Raum, der nichts mit dem zu tun hat, was »ich« ist, und auch nichts mit dem, was »nicht ich« ist. Dieser Raum ist kein erdachter Raum, nicht die Vorstellung von Raum, sondern wirklicher Raum, das heißt ungeheure Entfernung, grenzenlose Entfernung, ungehindertes Beobachten, fortwährende Bewegung, die auf kein Hindernis stößt. Das ist unermeßlicher Raum, und in diesem unermeßlichen Raum existiert keine Zeit; die durch

das Denken erschaffene Zeit ist längst zum Stillstand gekommen aufgrund der Beobachtung, daß das Denken zwar
seinen eigenen Raum hat, aber jenen anderen, unermeßlichen Raum nicht berühren kann. Nur wenn wir eine Technik erlernen wollen, braucht das Denken, das Zeit und Wissen ist, Raum.

Auf einer bestimmten Ebene brauchen wir zwar ein Gedächtnis, aber auf der psychischen Ebene brauchen wir kei-
nes. Wenn das Gehirn durch ständiges Gewahrsein von
den sich ansammelnden Erinnerungen gereinigt wird, verschwindet das zielorientierte »Ich«, das in Konflikte ver-
strickte »Ich«, denn Sie haben Ihr Haus in Ordnung gebracht. Das Gehirn hat seinen eigenen Rhythmus, aber dieser Rhythmus wurde durch unsere Ausschweifungen verzerrt, durch Mißbrauch von Drogen, durch Alkohol und Zi-
garetten, durch Glaubenssysteme und Dogmen. Es hat seine kristallklare Lebendigkeit verloren.

Meditation ist das totale Erfassen der Gesamtheit des Lebens, dem rechtes Handeln entspringt. Meditation ist die
absolute Stille des Geistes. Keine relative Stille, auch nicht
eine Stille, die das Denken projiziert und strukturiert hat,
sondern die Stille einer höheren Ordnung, die gleichbedeutend mit Freiheit ist. Nur in dieser vollkommenen, unver-
fälschten Stille ist die Wahrheit, die ewige Wahrheit zu finden.

Das ist Meditation.

# Das Ewige, zeitlos Heilige

Das menschliche Gehirn, das so alt ist, das so erstaunliche, grenzenlose Fähigkeiten besitzt, hat sich im Laufe der Zeit weiterentwickelt, hat Erfahrungen gesammelt, Wissen erworben. Kann sich dieses Gehirn, das so stark konditioniert ist und sich ständig abnutzt, aus sich selbst heraus verjüngen? Kann Ihr Gehirn die Last der Kontinuität abwerfen, kann es aufhören, das Alte einfach fortzusetzen, und völlig neu beginnen? Kann unser Gehirn vollkommen unschuldig werden? Ich gebrauche das Wort »unschuldig« im Sinne von »unfähig, verletzt zu werden«; das bedeutet, ein Gehirn, das nicht nur unfähig ist, andere zu verletzen, sondern auch selbst nicht verletzt werden kann.

Ihr Gehirn, welches das Gehirn aller menschlichen Wesen ist, entwickelte sich im Laufe einer ungeheuren Zeitspanne; es wurde von den verschiedensten Kulturen, Religionen, ökonomischen und sozialen Bedingungen konditioniert. Dieses Gehirn hat bis heute eine ununterbrochene Kontinuität erfahren und darin eine gewisse Sicherheit gefunden. Deshalb akzeptieren Sie Traditionen, weil in der Tradition Sicherheit liegt; Nachahmung und Konformität vermitteln ein Gefühl der Sicherheit. Auch Illusionen können ein Gefühl der Sicherheit vermitteln. All Ihre Götter sind Illusionen, vom menschlichen Verstand erfunden. Ein Glaubenssystem ist eine Illusion. Glaubenssysteme sind eigentlich völlig unnötig, aber wenn man eines hat, wenn man an Gott, Jesus, Krishna oder was auch immer glaubt – fühlt man sich beschützt, man fühlt sich wie im Schoß Gottes, aber das ist eine Illusion.

Wir fragen, ob das Gehirn fähig ist, das Ende der zeitlichen Kontinuität zu entdecken. Diese Kontinuität, die auf der Kontinuität des Wissens beruht, wird als evolutionärer Fortschritt betrachtet, aber wir stellen das in Frage. Wenn das Gehirn nach Kontinuität strebt, wird es zu etwas Mechanischem. Alles Denken ist mechanisch, weil es auf dem Gedächtnis basiert, welches das Produkt des Wissens ist. Es gibt also kein »neues Denken«.

Das »Ich« ist eine Kontinuität. Es wird seit Jahrtausenden weitergereicht, von Generation zu Generation; es ist eine Kontinuität, und deshalb ist es etwas Mechanisches, nichts Neues. Es ist wunderbar, wenn Sie das sehen können.

Bitte lauschen Sie still; stimmen Sie nicht zu, hören Sie einfach zu. Solange das Gehirn Verletzungen, Schmerzen registriert, erfährt es Kontinuität. Das erweckt die Vorstellung, daß das »Ich« weiterexistiert. Solange das Gehirn wie ein Computer Dinge speichert, ist es etwas Mechanisches. Ihr Gehirn registriert, wenn Sie beleidigt oder gelobt werden, so wie es das seit Jahrtausenden tut. Das ist unsere Konditionierung, unser ganzer evolutionärer Fortschritt. Nun fragen wir uns, ob es möglich ist, nur das zu registrieren, was wirklich relevant ist – und nichts anderes. Weshalb sollten Sie registrieren, wenn Sie verletzt werden? Weshalb sollten Sie registrieren, wenn jemand Sie beleidigt oder Ihnen schmeichelt? Wenn Sie solche Dinge registrieren, wenn *das Gehirn* sie registriert – dann wird dadurch verhindert, daß Sie denjenigen, der Sie beleidigte, sehen können. Das heißt, Sie nehmen die Person, die Sie beleidigt oder gelobt hat, mit dem Geist, dem Gehirn wahr, das diese Dinge registrierte, und können deshalb die andere Person niemals wirklich *sehen*. Dieses ständige Registrieren vermittelt Kontinuität, und diese Kontinuität vermittelt Sicherheit. Das Gehirn sagt: »Ich wurde einmal verletzt, deshalb werde ich das registrieren, speichern, um in Zukunft weitere Verletzungen zu meiden.« Auf der physischen Ebene mag das wichtig sein, aber gilt das auch für die psychische Ebene? Man fühlt sich verletzt, weil das Bild, das man sich im Laufe der Zeit von sich selbst gemacht hatte, beschädigt wurde. Solange man dieses Selbstbild mit sich herumträgt, wird man immer wieder verletzt werden.

Ist es also möglich, ohne ein solches Selbstbild zu leben und folglich Verletzungen nicht zu registrieren? Wir schaffen hier die Basis zum Verständnis dessen, was Meditation ist. Ist es möglich, psychisch nicht zu registrieren, sondern nur das zu registrieren, was notwendig und relevant ist? Wenn Sie Ordnung geschaffen haben, wenn in Ihrem Leben Ordnung herrscht, sind Sie frei. Nur der chaotische Geist ist auf der *Suche* nach der Freiheit. Wenn vollkommene Ordnung herrscht, dann *ist* diese Ordnung Freiheit.

Um tief in diese Frage eindringen zu können, müssen Sie die Beschaffenheit Ihres Bewußtseins verstehen. Ihr Bewußtsein ist sein Inhalt: Ohne seinen Inhalt existiert kein Bewußtsein. Das heißt, daß Ihr Bewußtsein aus nichts anderem als aus seinem Inhalt besteht. Und dieser Inhalt ist unsere Tradition, unsere Angst, unser Name, unsere Stellung, unser Status. Das sind unsere Bewußtseinsinhalte. Und das ist unser Bewußtsein. Kann dieses gesamte Bewußtsein – und damit meine ich auch das Gehirn, den Geist mit all seinen Inhalten – sich dieser Inhalte bewußt werden, sich seiner Kontinuität bewußt werden, und kann es dann einen Teil dieses Bewußtseins, beispielsweise die Bindung an etwas Bestimmtes, nehmen und freiwillig beenden? Das würde bedeuten, daß man die Kontinuität unterbricht. Wir fragen, ob es möglich ist, nichts anderes zu registrieren als das, was notwendig und relevant ist. Bitte sehen Sie die Schönheit dieser Frage, erkennen Sie Ihre Bedeutung und Tiefe. Ich sage, daß es möglich ist. Ich werde das erklären, aber die Erklärung ist nicht das Wirkliche. Verlieren Sie sich nicht in der Erklärung, sondern dringen Sie durch die Erklärung zum Eigentlichen vor. Dann ist die Erklärung nicht länger wichtig.

Der Strom der Zeit, der Strom des Denkens, der Strom des Wissens aus der Vergangenheit, welches sich in der Gegenwart ändert und fortentwickelt, ist Kontinuität. Wir könnten kein Wissen besitzen, wenn das Gehirn nicht unablässig mit Registrieren beschäftigt wäre. Wissen ist Kontinuität, und das Gehirn hat Sicherheit in dieser Kontinuität gefunden; deshalb muß es Wissen speichern. Diese Bewegung hat auch den geistigen Bereich erfaßt. Aber Wissen ist immer begrenzt. Es gibt kein allumfassendes Wissen, aber das Gehirn, das in seinem Wissen Sicherheit gefunden hat, klammert sich daran und interpretiert jedes Ereignis anhand der Vergangenheit. Deshalb ist die Vergangenheit ungeheuer wichtig für das Gehirn, denn das Gehirn selbst ist die Vergangenheit.

Aber Ihr eigener Intellekt sieht sehr klar, daß alles, was Kontinuität besitzt, alt ist. Es gibt keinen neuen Duft, es gibt keinen neuen Himmel, es gibt keine neue Erde. Also fragt der Intellekt: »Kann die Kontinuität enden, ohne daß das Gehirn gefährdet wird?« Er fragt: »Was geschieht, wenn ich die Kontinuität unterbreche?« Das Gehirn will Sicherheit. Das Gehirn hat gesagt, daß es nur funktionieren kann, wenn es Sicherheit hat, ganz gleich, ob das eine falsche oder echte Sicherheit ist, und die Kontinuität des Registrierens hat ihm Sicherheit gegeben. Also sagen Sie zu Ihrem Gehirn: »Registriere nur, was notwendig und wichtig ist, nichts anderes.« Jetzt weiß das Gehirn plötzlich nicht mehr, was es tun soll. Weil es aus seinem Sicherheitsbedürfnis heraus funktioniert, sagt es: »Gib mir Sicherheit, und ich werde mich bemühen, sie aufrechtzuerhalten.«

Es gibt Sicherheit, aber nicht diese Art von Sicherheit. Man muß dem Wissen, dem Denken seinen angemessenen Platz zuweisen. Ordnung, Harmonie im Leben ist nur möglich, wenn das Gehirn verstanden hat, daß in ihm Unordnung herrscht und daß es diese Unordnung Sicherheit nennt. Wenn es erkennt, daß Sicherheit eigentlich bedeutet, alles in Ordnung zu bringen, das heißt alles wirklich Relevante und nichts Irrelevantes zu registrieren, dann sagt es: »Ich habe das verstanden, ich habe es begriffen, ich habe Einblick in diese ganze Bewegung der Kontinuität gewonnen.« Es hat eine Einsicht gewonnen. Diese Einsicht ist das Ergebnis einer vollkommenen Ordnung, die dann herrscht, wenn das Gehirn alles an seinen richtigen Platz verwiesen hat. Dann hat man einen totalen Einblick in die gesamte Bewegung des Bewußtseins. Und das Gehirn wird nur noch das registrieren, was notwendig ist –

nichts anderes. Das bedeutet, daß die Aktivität, die ganze Struktur des Gehirns sich verändert, weil eine neue Funktion in Kraft tritt, wenn zum ersten Mal etwas Neues gesehen wird. Wenn das Gehirn etwas Neues sieht, wirkt etwas Neues, wird ein neuer Organismus geboren. Es ist absolut notwendig, daß der Geist, das Gehirn ganz jung, frisch, unschuldig, lebendig wird, und das geschieht, wenn psychologisch jegliches Registrieren endet. Existiert Liebe innerhalb dieses Bewußtseins? Besitzt Liebe eine Kontinuität? Wir sagten, daß das Bewußtsein Kontinuität, Tradition ist.

Ist Liebe Teil dieses Energiefeldes, oder existiert sie völlig außerhalb davon? Ich frage Sie, ich fordere Sie heraus; ich sage nicht, es ist so oder es ist nicht so. Ist die Liebe nicht immer noch Teil des Denkens, wenn sie im Energiefeld unseres Bewußtseins existiert? Das Denken erzeugt unsere Bewußtseinsinhalte. Glaubenssysteme, Götter, Aberglauben, Traditionen, Angst – all das ist Teil des Denkens. Ist auch die Liebe Teil dieses Denkens, dieses Bewußtseins? Ist Liebe Verlangen, ist sie Vergnügen, Sex? Ist Liebe Teil des Denkprozesses? Ist sie eine Erinnerung?

Liebe kann nicht existieren oder entstehen wie der frische Morgentau, wenn der Intellekt alles beherrscht. Und unsere Zivilisation betet den Intellekt an, weil er Theorien über Gott entwickelt hat, weil er sich Prinzipien und Ideale ausgedacht hat. Ist Liebe also Teil dieses Bewußtseinsstromes? Kann Liebe da sein, wenn Eifersucht da ist? Kann Liebe in der Bindung an eine Ehefrau, an einen Ehemann, an Kinder existieren? Kann Liebe in der Erinnerung an sexuelle Anziehung existieren? Besitzt Liebe Kontinuität? Bitte schauen Sie sich das genau an, finden Sie es heraus, denn in Ihren Herzen ist keine Liebe, und deshalb ist die Welt in einem solchen Zustand.

Damit man diese Liebe entdecken kann, muß der gesamte Bewußtseinsstrom zum Stillstand kommen: Ihre Eifersucht, Ihre Feindseligkeit, Ihr Ehrgeiz, Ihr Verlangen nach Macht und Status, Ihr Wunsch, besser, edler zu werden, Ihr Streben nach Macht – ganz gleich, ob es sich um die mit geistigen Fähigkeiten verbundene Macht handelt oder um wirtschaftliche Macht, politische Macht, religiöse Macht oder um die Macht über Ihre Frau, Ihren Mann, Ihre Kinder. Wo auch nur ein Funke von Selbstsucht herrscht, kann der andere nicht existieren. Und der Prozeß des Registrierens ist die Essenz der Selbstsucht. Das Leid endet, wo Mitgefühl beginnt, aber wir haben unser Leid benutzt, um voranzukommen, um besser zu werden. Aber wenn es endet, findet etwas völlig Neues statt.

Wir brauchen Raum, nicht nur physischen Raum, sondern Raum in unserem Innern, in unserem Geist, das heißt, unser Geist sollte nicht ständig mit irgend etwas beschäftigt sein. Doch unser Geist ist immer beschäftigt: »Wie kann ich dieses innere Geplapper zum Stillstand bringen?« »Ich muß Raum haben.« »Ich muß still sein.« Eine Hausfrau ist mit dem Kochen beschäftigt, ein Gottessucher mit seinem Gott, ein Mann mit seinem Beruf, mit Sex, mit seinem Status, seinem Ehrgeiz. Unser Geist ist ganz und gar vollgestopft, und deshalb kann kein Raum in ihm sein.

Wir stellen eine Ordnung in unserem Leben her, die nichts mit Disziplin oder Kontrolle zu tun hat. Wir waren intelligent genug, um zu sehen, daß Ordnung nur aus dem Verstehen des Wesens der Unordnung hervorgehen kann. Wir schaffen Ordnung in unserem Leben, bringen unsere

Beziehungen in Ordnung, und das ist sehr wichtig, denn das Leben besteht aus Beziehungen, es ist ein ständiges Sichbeziehen, ein Beziehungsgeflecht. Wenn in Ihrer Beziehung zu Ihrer Frau, Ihrem Mann, Ihren Kindern, Ihrem Nachbarn – ob dieser nun im Haus nebenan oder weit weg lebt – keine Ordnung herrscht, dann können Sie Meditation vergessen. Wenn Sie versuchen zu meditieren, ohne Ordnung in Ihrem Leben geschaffen zu haben, werden Sie in die Falle der Illusionen tappen. Aber wenn Sie achtsam und ernsthaft waren und in Ihrem Leben Ordnung herrscht – keine vorübergehende Ordnung, sondern absolute Ordnung –, dann schwingt diese Ordnung mit der kosmischen Ordnung, dann steht sie in Beziehung zur kosmischen Ordnung. Die kosmische Ordnung ist das Untergehen der Sonne, das Aufgehen des Mondes, der wunderbare Abendhimmel in all seiner Schönheit. Das bloße Untersuchen des Kosmos, des Universums durch ein Teleskop hat nichts mit Ordnung zu tun. Wenn hier in unserem Leben Ordnung herrscht, dann steht diese Ordnung in einer direkten Beziehung zum Kosmos.

Doch wenn der Geist ständig beschäftigt ist, herrscht keine Ordnung, ist kein Raum. Wie kann es im Geist Raum geben, wenn er mit Problemen vollgestopft ist? Um innerlich Raum zu haben, muß man jedes Problem sofort lösen, wenn es auftaucht. Das gehört zur Meditation – nicht das ewige Herumschleppen von Problemen. Ist es möglich, innerlich nicht beschäftigt zu sein? Das hat nichts mit Verantwortungslosigkeit zu tun. Im Gegenteil, wenn man nicht ständig anderweitig beschäftigt ist, kann man seine Aufmerksamkeit auf verantwortungsvolles Handeln richten. Nur der ständig beschäftigte, vollgestopfte Geist ist verwirrt, und deshalb wird Verantwortung zu etwas Häßlichem, bekommt einen Nachgeschmack von Schuld. Bitte fragen Sie nicht, wie Sie es erreichen können, innerlich nicht beschäftigt zu sein, denn dann sind Sie wiederum mit einem System, einer Methode, mit Schlagworten beschäftigt. Aber wenn Sie sehen, daß ein beschäftigter Geist ein zerstörerischer Geist ist, kein freier Geist, wenn Sie sehen, daß er keinen Raum hat – dann geschieht es.

Nun können wir uns der Aufmerksamkeit zuwenden. Sind Sie jetzt aufmerksam? Was bedeutet »aufmerksam sein«? Wenn Sie wirklich ganz und gar aufmerksam sind, existiert kein Zentrum, von dem aus Sie zuhören. Und diese Art von Aufmerksamkeit kann nicht andauern, so wie Sie es gerne hätten. Die Kontinuität ist Unaufmerksamkeit. Wenn Sie aufmerksam sind, das heißt wirklich zuhören, dann existiert in dieser Aufmerksamkeit kein inneres Zentrum, das sagt: »Ich lerne, ich höre zu, ich sehe.« Dann existiert nichts anderes als dieses umfassende Gewahrsein der Ganzheit, welches Beobachten, Lernen, Zuhören *ist*. In dieser Aufmerksamkeit findet keine Gedankenbewegung statt. Aber diese Aufmerksamkeit kann nicht aufrechterhalten werden. Wenn der Verstand sagt, daß er herausfinden muß, wie er diesen Zustand der Aufmerksamkeit erreichen kann, dann ist bereits der Impuls, der Wunsch, diesen Zustand der Aufmerksamkeit einzufangen, Unaufmerksamkeit, also ein Mangel an Aufmerksamkeit. Ist man sich bewußt, daß man sich von der Aufmerksamkeit entfernt, dann ist man aufmerksam. Haben Sie das verstanden?

Der Geist muß viel Raum, muß grenzenlosen Raum haben, und das ist nur möglich, wenn kein inneres Geplapper stattfindet, wenn kein Problem existiert, weil alle Probleme bereits bei ihrem Entstehen gelöst wurden. Sie können nur dann inneren Raum haben, wenn kein inneres Zentrum existiert. In dem Moment, wo ein Zentrum existiert, muß auch eine Peripherie existieren, muß eine Bewegung vom Zentrum zur Peripherie stattfinden. Raum bedeutet, daß es kein Zentrum gibt, und deshalb ist Raum völlig grenzenlos. Aufmerksamkeit bedeutet, seine ganze Energie dem Hören, dem Sehen zu widmen; dann ist kein Zentrum da. Dann hat der Geist verstanden, was Ordnung ist, er ist frei von Angst, hat das Leid beendet, hat das Wesen von Lust und Vergnügen durchschaut und diesen Dingen ihren angemessenen Platz zugewiesen.

Dann stellt sich die Frage: Von welcher Qualität ist ein vollkommen stiller Geist? Wir sprechen nicht davon, wie wir es schaffen, still zu werden, inneren Frieden zu finden – wir sprechen von der Qualität eines Geistes, der absolut und zeitlos still ist.

Zwischen zwei Tönen herrscht Stille, zwischen zwei Gedanken oder zwei Bewegungen herrscht Stille. Zwischen zwei Kriegen herrscht Stille oder zwischen Mann und Frau, bevor sie anfangen zu streiten. Aber von dieser Qualität der Stille sprechen wir nicht, denn das ist eine vorübergehende, flüchtige Stille. Wir sprechen von einer Stille, die nicht vom Denken erzeugt wird, die nicht kultivierbar ist, die nur eintritt, wenn man die Existenz in ihrer Ganzheit verstanden hat. Darin liegt Stille, es gibt keine Fragen und keine Antworten, keine Herausforderungen und keine Suche – alles hat ein Ende gefunden. In dieser Stille ist unermeßlicher Raum, sie ist von großer Schönheit und geht mit einer außerordentlichen Energie einher.

Dann ist man auf das Ewige, das zeitlos Heilige gestoßen, auf dasjenige nämlich, was nicht das Produkt der Zivilisation, des Denkens ist.

Das ist die Bewegung der Meditation.

# Was ist Schöpfung?

Was ist der Ursprung allen Lebens – von der winzigsten Zelle bis hin zum kompliziertesten Gehirn? Gab es überhaupt einen Anfang, und wird all das irgendwann ein Ende haben? Was ist Schöpfung? Um in etwas völlig Unbekanntes, völlig Unvorstellbares vordringen zu können, ohne sich in sentimentalen, romantischen Illusionen zu verlieren, muß das Gehirn eine besondere Qualität besitzen. Es muß vollkommen frei von all seinen Konditionierungen und Programmen, frei von jeglichen Einflüssen und somit hoch sensibel und aktiv sein. Ist das überhaupt möglich? Ist es möglich, einen Geist, ein Gehirn zu haben, das außerordentlich lebendig ist, das nicht in irgendeiner Form von Routine erstarrt ist, das nicht mechanisch funktioniert? Ist unser Gehirn, unser Geist frei von Angst, Selbstsucht, egozentrischer Aktivität? Andernfalls lebt es ständig in seinem eigenen Schatten, in seinem begrenzten, angestammten Umfeld, wie ein Tier, das an einen Pfosten gebunden ist.

Ein Gehirn muß Raum haben. Raum ist nicht nur eine Entfernung zwischen hier und dort, es bedeutet auch, keinen Mittelpunkt zu haben. Wenn Sie ein Zentrum haben und sich von diesem Zentrum zur Peripherie hin bewegen, existiert immer noch eine Grenze, wie weit entfernt die Peripherie auch sein mag. Raum bedeutet also: kein Zentrum, keine Peripherie, keine Grenzen.

Haben wir ein Gehirn, das an nichts gebunden ist – weder an Erfahrungen und Schlußfolgerungen noch an Hoffnungen und Ideale –, so daß es wirklich vollkommen frei sein kann? Wenn Sie eine Last mit sich herumschleppen, können Sie nicht weit gehen. Wenn der Geist roh, vulgär, egozentrisch ist, kann er keinen grenzenlosen Raum haben. Und Raum bedeutet – ich verwende das folgende Wort sehr, sehr vorsichtig – »Leere«.

Wir versuchen herauszufinden, ob es möglich ist, in dieser Welt ohne Angst, ohne Konflikte, mit großem Mitgefühl zu leben. Das erfordert hohe Intelligenz. Ohne Intelligenz können Sie kein Mitgefühl haben. Aber diese Intelligenz hat nichts mit der Aktivität unseres Verstandes zu tun. Man kann nicht mitfühlend sein, wenn man an eine bestimmte Ideologie, einen engstirnigen Nationalismus oder irgendeine religiöse Vorstellung gebunden ist, denn solche Konzepte schränken den Geist ein. Mitgefühl kann nur entstehen – da sein –, wenn das Leid endet, was gleichzeitig das Ende allen selbstsüchtigen Handelns bedeutet.

Raum bedeutet also Leere, das Nichts. Und weil da *nichts* vom Verstand Ausgedachtes ist, ist in diesem Raum ungeheure Energie vorhanden. Das Gehirn muß also völlig frei sein und Raum haben. Und das heißt, daß man *nichts* sein muß. Jeder von uns ist irgend etwas: Analytiker, Psychotherapeut, Arzt. Das ist in Ordnung, aber wenn wir Therapeuten, Biologen oder Techniker sind und uns damit identifizieren, dann schränkt dies den Geist in seiner Ganzheit ein. Nur wenn Freiheit und Raum da sind, können wir die Frage stellen, was Meditation ist.

Wenn man die Grundlage für ein harmonisches Leben geschaffen hat, kann man fragen, was wahre Meditation ist. Wo Angst ist, kann keine Ordnung sein. Aber auch überall dort, wo Konflikte existieren, kann es keine Ordnung geben. Unser inneres Haus muß vollkommen in Ordnung sein, so daß eine innere Stabilität gegeben ist, kein Schwanken. Diese Stabilität bringt eine große innere Stärke mit sich. Wenn das Haus nicht in Ordnung ist, dann ist Ihre Meditation ziemlich bedeutungslos. Sie können alle möglichen Dinge erfinden, jede Form von Erleuchtung, jede Form von täglicher Disziplin, aber all das ist immer noch begrenzt, illusionär, weil es der Unordnung entspringt. Das ist ganz logisch, klar und rational; der Redner hat das nicht erfunden, damit Sie es akzeptieren. Darf ich den Ausdruck »undisziplinierte Ordnung« verwenden? Solange keine andere Ordnung als die disziplinierte Ordnung herrscht, bleibt Meditation etwas sehr Oberflächliches und Bedeutungsloses.

Aber was ist Ordnung? Mit Hilfe des Denkens kann man keine innere Ordnung schaffen, weil das Denken ja selbst Unordnung ist, weil das Denken auf Wissen beruht, welches wiederum auf Erfahrung basiert. Alles Wissen ist begrenzt, und deshalb ist auch das Denken begrenzt. Und wenn das Denken versucht, Ordnung zu schaffen, schafft es nur Unordnung. Das Denken hat Unordnung hervorgebracht, weil es einen Konflikt zwischen dem, »was ist«, und dem, »was sein sollte«, zwischen Wirklichkeit und Theorie, erzeugt hat. Aber es gibt nur das Wirkliche und nicht das Theoretische. Das Denken betrachtet die Wirklichkeit von einer eingeschränkten Perspektive aus, und deshalb muß alles Handeln, das dem Denken entspringt, unweigerlich zu Unordnung führen. Erkennen wir das als Wahrheit, als ein Gesetz, oder ist es für uns nur eine abstrakte Vorstellung? Nehmen wir einmal an, ich bin gierig und neidisch; das ist, »was ist« – das Gegenteil existiert nicht. Aber der menschliche Verstand hat sich das Gegenteil ausgedacht, um das, »was ist«, zu verstehen und um davor flüchten zu können. Aber es existiert nur das, »was ist«, und wenn Sie das ohne sein Gegenteil einfach nur wahrnehmen, dann führt diese Art des Wahrnehmens zur Ordnung.

Unser Haus muß in Ordnung sein, aber das Denken kann diese Ordnung nicht schaffen. Das Denken erfindet seine eigene Disziplin: Tu dies, tu jenes nicht; folge dieser Lehre, folge jener nicht; halte dich an die Tradition, halte dich nicht daran. Das Denken ist unser Führer, der uns helfen soll, Ordnung zu schaffen, aber das Denken ist ja selbst begrenzt und muß deshalb zwangsläufig Unordnung stiften. Wenn ich unablässig wiederhole, daß ich Engländer oder Franzose, Hindu oder Buddhist bin, dann wirkt sich dieses »Stammesdenken« sehr einschränkend aus, es verursacht ein großes Durcheinander in der Welt. Wir dringen nie bis zu den Wurzeln dieses Stammesdenkens vor, um ihm ein für allemal ein Ende zu setzen. Statt dessen versuchen wir, unsere Kriegsführung zu verbessern. Ordnung, Harmonie kann nur entstehen, wenn das Denken, das in bestimmten Bereichen durchaus notwendig ist, auf der psychischen Ebene keinen Platz hat. Die Welt an sich ist völlig in Ordnung, wenn das Denken abwesend ist.

Der eigene Geist muß absolut still sein. Aber er hat seinen eigenen Rhythmus, ist ununterbrochen aktiv, springt von einem Thema zum anderen, von einem Gedanken zum anderen, von einer Assoziation zur anderen, von einem Zustand zum anderen. Er ist ständig beschäftigt. Gewöhnlich ist man sich dessen überhaupt nicht bewußt, aber wenn man sich dieser Aktivität ohne Motiv und Ziel bewußt ist, dann wird das endlose Plappern durch dieses Gewahrsein, diese Aufmerksamkeit beendet. Bitte tun Sie es, und Sie werden sehen, wie einfach das alles ist.

Das Gehirn muß frei sein, in ihm müssen Raum und Stille sein. Wir sprechen miteinander, und dazu setzen wir unser Denken ein, weil wir eine Sprache sprechen. Aber um aus der Stille heraus sprechen zu können . . . muß man frei vom Wort sein. Dann ist das Gehirn absolut still, obwohl es seinem eigenen Rhythmus folgt.

Was ist also »Schöpfung«, womit hat alles begonnen? Wir erforschen den Ursprung allen Lebens, nicht nur unseres eigenen, sondern des Lebens aller Lebewesen: der Wale in den Tiefen der Meere, der Delphine, der kleinen Fische, der winzigen Zellen, der ungeheuer vielfältigen Natur, den Ursprung der Schönheit eines Tigers. Was ist der Ursprung all dessen, von der winzigsten Zelle bis hin zum komplexesten Wesen, dem Menschen, mit all seinen Erfindungen und Illusionen, seinem Aberglauben, seinen Streitigkeiten und Kriegen, seiner Arroganz und Gewöhnlichkeit, seinen großartigen Zielen und tiefen Depressionen?

Meditation dient dazu, dies zu entdecken. Es ist nicht so, daß *Sie* es entdecken. Gibt es einen Anfang in dieser Stille, dieser absoluten Ruhe? Und wenn es einen Anfang gibt, muß es auch ein Ende geben. Alles, was einen Ursprung hat, muß irgendwann enden. Wo ein Ursprung ist, muß immer auch ein Ende sein. Das ist ganz natürlich, es ist ein Naturgesetz. Gibt es also einen Ursprung der Schöpfung des Menschen, der Schöpfung allen Lebens? Hat all das einen Anfang? Wie können wir das herausfinden?

Was ist Schöpfung? Ich meine nicht die Schöpfung des Malers oder des Poeten, auch nicht die des Bildhauers – dabei geht es um materielle Manifestationen. Gibt es auch etwas Immaterielles, etwas nicht Manifestiertes? Gibt es etwas, das keinen Anfang und kein Ende hat, weil es nicht manifestiert ist? Alles, was manifestiert ist, hat einen Anfang und ein Ende. Wir sind Manifestationen. Nicht von irgend etwas Göttlichem, sondern wir sind das Ergebnis von Tausenden von Jahren sogenannter Evolution, von Wachstum und Entwicklung, und unser Ende ist ebenfalls gewiß. Alles, was manifest ist, kann zerstört werden, aber was nicht manifest ist, existiert außerhalb der Zeit.

Gibt es also etwas jenseits der Zeit? Das haben sich Philosophen, Wissenschaftler und religiöse Menschen schon immer gefragt: ob es etwas jenseits dessen gibt, was der Mensch messen kann, etwas jenseits der Zeit. Denn das zu entdecken, das zu sehen, das ist Unsterblichkeit. Etwas jenseits des Todes. Der Mensch hat in verschiedenen Teilen der Welt auf verschiedene Arten mit Hilfe unterschiedlicher Glaubenssysteme danach gesucht, denn wenn man das entdeckt, erkennt, dann hat das Leben keinen Anfang und kein Ende. Es ist jenseits aller Vorstellungen, aller Hoffnungen. Es ist etwas Unermeßliches.

Nun wollen wir wieder auf die Erde zurückkehren. Wir betrachten das Leben, unser eigenes Leben, nie als eine ungeheure Bewegung von großer Tiefe, als etwas Unermeßliches. Wir haben unser Leben auf eine schäbige kleine Angelegenheit reduziert. Aber das Leben ist in Wirklichkeit das Heiligste, was es gibt. Jemanden zu töten oder wütend zu werden, ihm Gewalt anzutun, ist das Unheiligste, Entsetzlichste, was man tun kann.

Wir sehen die Welt nie als Ganzes, weil wir selbst so gespalten, so schrecklich beschränkt, so mittelmäßig sind. Wir haben nie ein Gefühl von Ganzheit, bei dem wir die Wesen des Meeres und der Erde, die Natur, den Himmel, das ganze Universum als Teil von uns sehen. Ich meine nicht in der Vorstellung – man kann sich in eine Phantasie versteigen und sich einbilden, man sei das Universum ... – und dann wird man verrückt. Aber wenn man diese unbedeutenden, egoistischen Eigeninteressen verwirft, wenn man nichts mehr damit zu tun hat, kann man sich von da aus unendlich weiterbewegen. Und das ist Meditation: nicht im Lotossitz sitzen oder auf dem Kopf stehen, sondern das Wahrnehmen der Ganzheit und Einheit des Lebens. Das ist nur möglich, wenn Liebe und Mitgefühl da sind.

Eine unserer Schwierigkeiten besteht darin, daß wir Liebe mit Vergnügen, mit Sex assoziiert haben, und für die meisten von uns bedeutet Liebe auch Eifersucht, Anspannung, Besitzdenken, Bindung. Das nennen wir Liebe. Ist Liebe Bindung? Ist Liebe Vergnügen? Ist Liebe Verlangen? Ist Liebe das Gegenteil von Haß? Das Gegenteil von Haß kann nicht Liebe sein. Alle Gegensätze enthalten einander. Wenn ich versuche, mutig zu *werden,* dann wird dieser Mut aus der Angst geboren. Liebe kann kein Gegenteil haben. Liebe kann nicht existieren, wo Eifersucht, Ehrgeiz, Aggressivität herrschen.

Aber wenn Liebe da ist, entspringt daraus Mitgefühl. Und wo dieses Mitgefühl ist, ist Intelligenz – aber nicht die

Intelligenz des Verstandes oder des angesammelten Wissens. Mitgefühl hat nicht das geringste mit Wissen zu tun.

Nur wenn Mitgefühl da ist, existiert jene Intelligenz, die der Menschheit Sicherheit und Stabilität, ein ungeheures Gefühl der Stärke gibt.

# Ohne Willen leben

Meditation ist nicht etwas, das *Sie* tun. Meditation ist ein Eintauchen in die gesamte Frage unseres Lebens – wie wir leben, wie wir uns verhalten, ob wir Ängste und Sorgen haben, ob wir unablässig auf der Jagd nach Vergnügen sind und ob wir uns von uns selbst und anderen ein Bild gemacht haben. All das ist Teil unseres Lebens, und indem wir dieses Leben und die verschiedenen Lebensthemen verstehen und schließlich frei davon sind, nähern wir uns der Meditation.

Wir müssen unser Haus vollkommen in Ordnung bringen. Unser Haus ist unser Selbst. Diese Ordnung wird nicht mit Hilfe einer Methode geschaffen, sondern entsteht durch das völlige Verstehen dessen, was Unordnung ist, was Verwirrung ist; sie entsteht, indem wir verstehen, warum wir in uns selbst so widersprüchlich sind, warum in uns dieser ständige Kampf der Gegensätze tobt. Meditation beginnt bereits damit, daß wir alle Dinge an ihren richtigen Platz bringen. Wenn wir das nicht getan haben – nicht theoretisch, sondern tatsächlich, in unserem täglichen Leben, in jedem Augenblick unseres Lebens –, dann wird Meditation zu einer weiteren Illusion, einer weiteren Form des Betens, einer weiteren Form des Wollens.

Was ist Meditation? Wir müssen verstehen, welche wichtige Rolle unsere Sinne spielen. Die meisten von uns werden in ihren Handlungen oder Reaktionen von ihren Trieben, ihrem Verlangen, vom Drängen ihrer Sinne gesteuert. Doch diese Sinne funktionieren nie ganzheitlich; nie sind alle unsere Sinne gleichzeitig in Funktion, sie arbeiten nie als Einheit. Wenn Sie sich selbst und Ihre Sinnesfunktionen beobachten, werden Sie feststellen, daß immer das eine oder andere Sinnesorgan dominiert, daß immer die Funktion eines unserer Sinne im Vordergrund steht. Deshalb sind unsere Sinne nie im Gleichgewicht.

Die folgenden Fragen sind bereits Teil der Meditation: Ist es möglich, daß die Sinne als Einheit, als Ganzes arbeiten? Können Sie die Bewegung des Meeres, das glitzernde, ewig ruhelose Wasser mit allen Sinnen ganzheitlich wahrnehmen? Können Sie einen Baum, einen Menschen, einen Vogel im Flug oder eine Meereswelle, die untergehende Sonne oder den aufsteigenden Mond mit all Ihren Sinnen beobachten? Wenn ja, dann werden Sie entdecken – *für sich selbst, nicht, weil ich es gesagt habe* –, daß kein Zentrum existiert, von dem aus die Sinne etwas wahrnehmen.

Tun Sie es, während wir hier miteinander sprechen?

Schauen Sie sich Ihre Freundin oder Ihren Mann, Ihre Frau oder einen Baum mit völlig wachen Sinnen an. Dann werden Sie feststellen, daß diese Wahrnehmung grenzenlos ist. Tun Sie es, und Sie werden es selbst herausfinden. Die meisten von uns funktionieren mit halbwachen oder nur mit bestimmten Sinnen. Nie sind all unsere Sinne gleichzeitig erwacht, erblüht.

Den Sinnen ihren angemessenen Platz zuzuweisen bedeutet nicht, sie zu unterdrücken, zu kontrollieren oder vor ihnen zu fliehen. Das ist wichtig, denn wenn man sich sehr tief auf Meditation einlassen will, muß man sich seiner Sinne bewußt sein, sonst erzeugen sie alle möglichen Neurosen, alle möglichen Illusionen; sie beherrschen unsere Gefühle. Wenn die Sinne voll erwacht, voll erblüht sind, wird der Körper außerordentlich still. Haben Sie das schon einmal bemerkt? Die meisten von uns zwingen ihren Körper, stillzusitzen, nicht herumzuzappeln, sich nicht zu bewegen; aber wenn alle Sinne gesund, normal, vital funktionieren, entspannt sich der Körper und wird sehr, sehr still. Tun Sie es, während wir miteinander sprechen.

Ist es möglich, ohne jegliche Form von Kontrolle zu leben – täglich, nicht nur gelegentlich? Ich spreche hier nicht von Zügellosigkeit; es geht nicht darum zu tun, was einem beliebt, und sämtliche Traditionen zurückzuweisen. Bitte denken Sie ernsthaft darüber nach, ob es möglich ist, ein Leben ohne jegliche Form von Kontrolle zu führen, denn wo Kontrolle ist, agiert der Wille. Was ist der Wille? »Ich will dies tun; ich darf das nicht tun.« Ist der Wille nicht die Essenz des Verlangens? Bitte schauen Sie sich das genau an; weisen Sie es nicht zurück, und akzeptieren Sie es nicht. Finden Sie es selbst heraus. Wir fragen, ob es möglich ist, ein Leben zu führen, in dem nicht der geringste Schatten von Kontrolle oder Willen existiert. Der Wille ist das Agieren des Verlangens. Aus der Wahrnehmung, dem Kontakt, der Sinneswahrnehmung entspringen das Verlangen und das Denken mit seinen Bildern.

Ist es möglich, ohne Willensaktivität zu leben? Die meisten von uns führen ein Leben der Einschränkung, Kontrolle, Unterdrückung, Flucht, aber wer ist die kontrollierende Instanz, wenn Sie sagen: »Ich muß mich kontrollieren – meine Wut, meine Eifersucht, meine Faulheit, meine Trägheit.« Unterscheidet sich diese Instanz von dem, was sie kontrolliert? Oder sind sie ein und dasselbe? Der Kontrollierende ist das Kontrollierte. Der Kontrollierende ist die Essenz des Verlangens, und er versucht, seine Aktivitäten, Gedanken und Wünsche zu kontrollieren. Kann man, wenn man all das erkennt, ein Leben führen, das frei von jeglicher Art von Kontrolle ist, ohne in Zügellosigkeit zu verfallen, ohne einfach zu tun, was einem beliebt? Mit dieser Frage haben sich nur sehr wenige Menschen auseinandergesetzt. Ich bin gegen jedes System, jede Form von Kontrolle, weil der Geist dabei niemals frei sein kann; er unterwirft sich immer einem Muster, und es ist unerheblich, ob man sich dieses Muster selbst geschaffen hat oder ob es von einem anderen geschaffen wurde. Kann die Zeit also ein Ende haben? Bitte sehen Sie, warum das so wichtig ist. Unser Gehirn ist auf Zeit konditioniert. Es ist das Produkt einer Jahrhunderte, Jahrtausende, Jahrmillionen währenden Konditionierung. Es hat sich entwickelt, ist gewachsen, hat sich entfaltet, aber es ist ein sehr, sehr altes Gehirn. Es hat sich im Laufe der Zeit entwickelt und funktioniert im Bereich der Zeit. In dem Augenblick, in dem Sie sagen: »Ich will«, befinden Sie sich innerhalb der Zeit. Das gleiche geschieht auch, wenn Sie sagen: »Ich muß das tun.« Alles, was wir tun, spielt sich im Rahmen der Zeit ab, und unser Gehirn ist nicht nur auf die chronologische, sondern auch auf die psychische, innere Zeit konditioniert. Das Gehirn hat sich in einem jahrtausendelangen Evolutionsprozeß weiterentwickelt, und schon die Vorstellung, schon die Frage, ob

71

es der Zeit ein Ende setzen kann, lähmt es, versetzt es in einen Schockzustand.

Es gehört zur Meditation, für sich selbst herauszufinden, ob die Zeit enden kann. Aber es funktioniert nicht, indem man einfach sagt: »Die Zeit muß enden«; das ist völlig sinnlos. Ist das Gehirn überhaupt fähig zu erkennen, daß es keine Zukunft hat? Wir leben entweder in Verzweiflung oder in Hoffnung. Auch Hoffnung ist destruktiv, da sie Teil der Zeit ist: »Es geht mir furchtbar schlecht, ich bin unglücklich, unsicher – aber ich hoffe, glücklich zu werden.« Das gleiche gilt für den Glauben, diese Erfindung der Priester in aller Welt: »Du leidest, aber glaube nur an Gott, dann wird alles gut werden.« Damit man an etwas glauben kann, muß Zeit ins Spiel kommen. Können Sie psychisch ertragen, daß es kein Morgen gibt? Es ist Teil der Meditation herauszufinden, daß es auf der psychischen, inneren Ebene kein Morgen gibt. Die Hoffnung auf bestimmte Dinge, die Vorfreude auf etwas spielt sich im Bereich der Zeit ab. Das bedeutet nicht, daß man alle Hoffnung aufgibt, es bedeutet nur, daß man das Wesen der Zeit versteht, daß man versteht, was Zeit ist. Wenn Sie die Hoffnung aufgeben, werden Sie bitter und sagen vielleicht: »Warum soll ich überhaupt leben; was ist der Sinn und Zweck meines Lebens?« Und dann verfallen Sie in Depressionen, leiden seelische Qualen, leben ohne Zukunftsperspektive.

Wir fragen, ob das Denken als Zeit enden kann. Das Denken ist wichtig, wenn es an seinen angemessenen Platz verwiesen wird, aber auf der psychischen Ebene hat es keinerlei Bedeutung. Denken ist eine Reaktion des Gedächtnisses, es entspringt dem Gedächtnis. Und das Gedächtnis besteht aus Erfahrungen, die als Wissen in den Gehirnzellen gespeichert sind.

Sie können Ihr eigenes Gehirn beobachten, dazu müssen Sie kein Experte sein. Die Gehirnzellen speichern Gedächtnisinhalte; das ist ein materieller Vorgang, es ist nichts Heiliges daran. Und unser Verstand hat alles erschaffen, was wir bisher vollbracht haben: zum Mond zu fliegen und dort eine lächerliche Flagge in den Sand zu stecken; in die Tiefen der Meere vorzudringen und dort zu leben; er hat alle komplizierten Technologien und Instrumente erfunden. Das Denken ist für all das verantwortlich. Es ist auch für alle Kriege verantwortlich. Das ist so sonnenklar, daß man es eigentlich überhaupt nicht erwähnen muß. Ihr Denken hat die Welt in Großbritannien, Frankreich, Rußland und so weiter aufgeteilt. Und es hat die psychische Struktur erschaffen, die wir »Ich« nennen. Dieses »Ich« ist nichts Heiliges, nichts Göttliches. Es setzt sich einfach nur aus den Gedanken über die eigenen Ängste, Vergnügungen, Leiden, Schmerzen, Bindungen und die Angst vor dem Tod zusammen. Das Denken hat das »Ich« konstruiert, welches unser Bewußtsein ist. Das Bewußtsein ist sein Inhalt; Ihr Bewußtsein ist, was Sie sind: Ihre Ängste, Spannungen und Kämpfe, Ihre Launen und Stimmungen, Ihre Verzweiflung, Ihre Vergnügungen und so weiter. Das ist sehr einfach. Und all das ist das Resultat der Zeit. Gestern wurde ich seelisch verletzt, Sie haben etwas Gemeines zu mir gesagt, und das hat mich verletzt und ist Teil meines Bewußtseins geworden. Unser Bewußtsein ist also ein Produkt der Zeit. Wenn wir fragen, ob die Zeit enden kann, dann setzt das die totale Entleerung dieses Bewußtseins voraus. Dieses Bewußtsein muß leer, es muß frei von seinen Inhalten werden. Ob Sie dazu in der Lage sind oder nicht, ist eine andere Sache, aber das ist die Voraussetzung.

Wir erforschen die Zeit und die unbeweglichen Schichten des Bewußtseins – wir erforschen Empfindungen, Verlangen, seine ganze Struktur –, um herauszufinden, ob dieses Bewußtsein, welches das Produkt der Zeit ist, sich selbst vollständig entleeren kann, so daß die Zeit auf der psychischen Ebene endet. Sie sind Ihres Bewußtseins gewahr, oder nicht? Sie wissen, wer Sie sind, wenn Sie tief genug in diese Frage eingedrungen sind. Dann sehen Sie, daß all Ihre Mühsal, all Ihre inneren Kämpfe, Ihr Leid, Ihre Unsicherheit Teil von Ihnen, Teil Ihres Bewußtseins sind. Ihr Ehrgeiz, Ihre Gier, Ihre Aggressivität, Ihre Wut, Ihre Bitterkeit sind Teil dieses Bewußtseins, das nichts anderes ist als die Ansammlung von tausend »Gestern« – bis zum heutigen Tag. Und wir fragen, ob dieses Bewußtsein, dieses Produkt der Zeit, sowohl auf der psychischen Ebene wie auch physiologisch leer werden kann, so daß die Zeit endet.

Wir werden herausfinden, ob das möglich ist. Wenn Sie sagen, daß es unmöglich ist, dann haben Sie die Tür geschlossen. Und wenn Sie sagen, daß es möglich ist, haben Sie ebenfalls die Tür geschlossen. Doch wenn Sie sagen: »Wir wollen es herausfinden«, dann sind Sie offen dafür, dann sind Sie wirklich daran interessiert, es herauszufinden.

Und wenn Sie ernsthaft genug sind, um sich damit auseinanderzusetzen, dann lautet die Frage jetzt, ob es möglich ist, sich vom gesamten Inhalt seines Selbst, vom gesamten Inhalt des Bewußtseins freizumachen, das Bewußtsein zu leeren, dieses Bewußtsein, das sich im Laufe der Zeit gefüllt hat. Ist es nicht möglich, mit einem der Inhalte Ihres Bewußtseins, Ihren Verletzungen, Ihren seelischen Wunden abzuschließen? Die meisten von uns wurden in der

Kindheit seelisch verletzt. Das ist Teil unseres Bewußtseins. Können Sie eine solche Verletzung völlig auslöschen, so daß sie nicht die geringste Spur hinterläßt? Sie können das, nicht wahr? Wenn Sie sich die Wunde genau anschauen, dann wissen Sie auch, was sie verursacht hat: Das Bild, das Sie sich von sich selbst gemacht haben, wurde verletzt. Sie können dieses beschädigte Selbstbild auslöschen, wenn Sie da sehr tief hineingehen. Oder können Sie, wenn Sie an etwas gebunden sind – können Sie die Bindung an Ihre Frau oder Ihren Mann, an ein Glaubenssystem, ein Land oder eine Sekte, eine Gruppe von Menschen oder an Jesus –, können Sie die Bindung nicht vollkommen, logisch und rational beenden? Denn, wie Sie ja sehen können, geht Bindung mit Eifersucht, Anspannung, Angst und Schmerz einher, und Ihr Schmerz bringt Sie dazu, sich immer mehr anzuklammern. Indem Sie sehen, was Bindung ist, erblüht Ihre Intelligenz. Diese Intelligenz erkennt, wie dumm es ist, gebunden zu sein, und damit ist die Bindung aufgehoben.

Schauen Sie sich das also genau an. Sie haben eine bestimmte geistige Angewohnheit, sagen wir, Sie denken immer in eine bestimmte Richtung. Das ist Teil Ihres Bewußtseins. Kann das Denken sich von dieser Rille, von dieser Schiene wegbewegen? Natürlich kann es das. Es ist möglich, den Inhalt völlig auszuleeren. Doch wenn Sie sich die Bewußtseinsinhalte einen nach dem anderen vornehmen – Ihre Bindungen, Ihre Verletzungen, Ihre Ängste –, werden Sie unendlich viel Zeit dafür brauchen. Also sind wir wieder in der Zeit gefangen. Ist es möglich, das Bewußtsein auf einen Schlag zu leeren, als Ganzes, nicht nach und nach, also ohne daß Zeit ins Spiel kommt? Wenn Sie es nach und nach tun, sind Sie immer noch in der Zeit gefangen. Aber wenn Sie diese Wahrheit wirklich sehen können, werden Sie es natürlich nicht nach und nach tun.

Das Bewußtsein ist nicht mein Bewußtsein, es ist nicht mein spezielles, persönliches Bewußtsein, es ist universelles Bewußtsein. Mein Bewußtsein ist wie Ihr Bewußtsein oder wie das Bewußtsein von irgend jemand anderem: Wir leiden beide, wir beide machen Qualen durch. Vielleicht sind einige Menschen aufgeblüht und darüber hinausgegangen, aber das ist unwesentlich.

Ist es möglich, die Sache als Ganzes und damit gleichzeitig ihr Ende zu sehen? Ist es möglich, die eigene Verletzung, die eigene Angst oder Schuld als Ganzes zu betrachten? Nehmen wir an, ich fühle mich schuldig. Kann ich mir dieses Schuldgefühl anschauen, kann ich sehen, wie es entstand, welche Ursache es hat; kann ich sehen, wie ich mich vor weiteren Schuldgefühlen fürchte, kann ich das gesamte Gebilde der Schuld sehen und als Ganzes beobachten? Natürlich kann ich das, aber ich kann es nur dann als Ganzes sehen, wenn ich mir bewußt bin, was Verletztsein und Verletztwerden eigentlich bedeutet. Ich kann mir dessen bewußt sein, wenn dieses Gewahrsein völlig frei von Motiven ist.

Ich möchte noch etwas tiefer in dieses Thema eindringen. Nehmen wir an, ich bin an jemanden gebunden. Kann ich nicht die Konsequenzen dieser Bindung beobachten, kann ich nicht sehen, was es mit dieser Bindung auf sich hat, wie sie entstand? Kann ich nicht ihre ganze Struktur unmittelbar betrachten? Ich bin gebunden, weil ich einsam bin, weil ich Trost suche. Ich möchte von jemandem abhängig sein, weil ich nicht auf eigenen Füßen stehen kann; ich brauche Gesellschaft, ich brauche jemanden, der mir sagt »Das machst du sehr gut, alter Junge.« Ich brauche jemanden, der meine Hand hält, denn ich bin deprimiert und ängstlich. Also bin ich von jemandem abhängig. Aus dieser Abhängigkeit entsteht eine Bindung, und aus dieser Bindung entstehen Angst, Eifersucht, Anspannung. Kann ich diese Zusammenhänge nicht unmittelbar sehen? Natürlich kann ich das, wenn ich wach und aufmerksam bin, wenn ich ein tiefes Interesse daran habe, es herauszufinden.

Wir sagen, daß es möglich ist, das gesamte Wesen, die gesamte Struktur des Bewußtseins mit all seinen Inhalten auf einmal zu sehen anstatt stückweise. Die Inhalte machen das Bewußtsein aus, und es ist möglich, es als Ganzes zu sehen. Und wenn Sie es in seiner Gesamtheit sehen, löst es sich auf. Einen totalen Einblick in das gesamte Wesen des Bewußtseins zu haben bedeutet, kein Motiv, keine Erinnerung zu haben – da ist nichts als die unmittelbare Wahrnehmung der Struktur des Bewußtseins. Und durch diese Einsicht löst sich das Problem auf.

Unser gesamter technologischer Fortschritt beruht darauf, daß wir Dinge messen können. Könnten wir nichts messen, wäre technologischer Fortschritt unmöglich. Wissen ist Bewegung, die wir messen können: Ich weiß, ich werde wissen. Aber dieses Messen und Bewerten hat sich auch auf den psychischen Bereich ausgedehnt. Wenn Sie sich selbst beobachten, können Sie sehr leicht erkennen, wie es funktioniert. Wir sind auf der psychischen Ebene ständig damit beschäftigt, uns zu vergleichen. Können Sie dieses Vergleichen beenden – was gleichzeitig das Ende der Zeit bedeuten würde? *Messen* heißt, sich selbst an jemand anderem zu messen und sich zu wünschen, so zu sein wie dieser Mensch, oder nicht zu sein wie er. Der positive und der negative Aspekt des Vergleichens sind Teil des Messens.

Ist es möglich, im Alltag ohne jede Form von Vergleichen auszukommen? Sie vergleichen zwei Materialien, vergleichen die Farbe eines Stoffes mit der eines anderen. Aber können Sie psychisch, innerlich völlig auf Vergleiche verzichten, das heißt völlig darauf verzichten, sich zu messen? Das Messen entspringt dem Denken. Kann also das Denken zum Stillstand kommen? Schauen Sie, die meisten von uns *versuchen* das Denken zum Stillstand zu bringen, aber das ist unmöglich. Vielleicht können Sie für eine Sekunde sagen: »Ich habe aufgehört zu denken«, aber das ist etwas Erzwungenes; es ist, als würden Sie sagen: »Ich habe die Sekunde gemessen, in der ich nicht dachte.« Alle, die sich mit dieser Frage zutiefst auseinandergesetzt haben, haben sich gefragt, ob das Denken zum Stillstand kommen kann. Denken entspringt dem Bekannten, dem, was man weiß. Wissen ist das Bekannte, also repräsentiert es die Vergangenheit. Kann dieses Denken zum Stillstand kommen? Kann man frei vom Bekannten sein? Wir funktionieren immer auf der Basis des Bekannten und haben es im Nachahmen, im Vergleichen zu außerordentlichen Fähigkeiten gebracht. Wir streben ununterbrochen danach, etwas zu sein. Kann also das Denken enden?

Wir haben über Messen, Kontrolle, die Bedeutung der Sinne und ihren angemessenen Platz gesprochen. All das ist Teil der Meditation.

Kann das Gehirn, das Millionen von Jahren alt ist, das so stark konditioniert ist, so voll ist von all den Dingen, die der Mensch im Laufe der Jahrtausende angesammelt hat, das stets mechanisch reagiert – kann dieses Gehirn frei vom Bekannten sein und somit physisch immer jung bleiben? Fragen Sie sich nicht manchmal, ob dieses Gehirn seine Last abwerfen und frei sein kann, so daß es nie degeneriert? Das bedeutet, niemals psychische Inhalte zu speichern, niemals Schmeicheleien, Beleidigungen, Zwänge zu registrieren, sondern völlig frisch und unberührt zu bleiben. Dann ist das Gehirn ganz jung. Unschuld bedeutet, ein Gehirn zu haben, das nie verletzt wurde. Unschuld kennt kein Elend, keine Konflikte, kein Leid und keinen Schmerz. Wenn all diese Dinge im Gehirn gespeichert werden, ist es immer eingeschränkt, es ist alt, weil es physisch altert. Finden dagegen keinerlei Aufzeichnungsprozesse auf der psychischen Ebene statt, wird das Gehirn außerordentlich still und bleibt außerordentlich jung. Das ist keine Hoffnung und keine Belohnung. Entweder Sie tun es und entdecken es für sich selbst, oder Sie akzeptieren einfach meine Worte und sagen sich: »Wie wunderbar das sein muß; ich wünsche, ich könnte diese Erfahrung machen.« Einsicht verändert die Gehirnzellen. Sie halten nicht länger an Erinnerungen fest. Das Gehirn ist nicht länger der Aufbewahrungsort für eine riesige Sammlung von Antiquitäten.

Dann müssen wir auch die Frage stellen: Gibt es irgend etwas Heiliges im Leben? Gibt es irgend etwas, das heilig, das unberührt vom Denken ist? Wir haben alles, was wir heilig nennen, als Symbole in die Kirchen gebracht: die Jungfrau Maria, Christus am Kreuz. Indien und die buddhistischen Länder haben ihre eigenen Bilder, die zu etwas Heiligem geworden sind: ein Name, eine Statue, ein Bild, ein Symbol. Aber *gibt es* etwas Heiliges im Leben? Mit »heilig« ist etwas Unsterbliches, Zeitloses gemeint, das von

Ewigkeit zu Ewigkeit existiert, das keinen Anfang und kein Ende hat. Sie können es nicht herausfinden, niemand kann es herausfinden – vielleicht offenbart es sich, wenn Sie all die Dinge fallen gelassen haben, die das Denken zu etwas Heiligem gemacht hat. Wenn man die Kirchen mit ihren Heiligenbildern, ihrer Musik, ihren Glaubenssätzen, ihren Ritualen und Dogmen durchschaut und sich innerlich völlig davon löst, wenn es keinen Priester, keinen Guru und keinen Jünger mehr gibt, dann stößt man in dieser ungeheuren Stille vielleicht auf etwas, das unberührt vom Denken ist, denn diese Stille wurde nicht vom Denken erschaffen.

Man muß die ganze Bedeutung von Stille erfassen. Es gibt die Stille zwischen zwei Geräuschen, die Stille zwischen zwei Gedanken, die Stille zwischen zwei Klängen. Es gibt auch eine Stille nach dem Lärm. Wenn der Verstand sagt: »Ich muß still sein«, erzeugt er eine künstliche Stille und denkt, es sei wirkliche Stille. Auch wenn Sie stillsitzen und Ihren Geist zwingen, still zu sein, ist Stille da. Aber hier handelt es sich immer um eine künstliche, vorsätzlich erzeugte Stille; sie ist nicht real, nicht tief. Wirkliche Stille kann nur eintreten, wenn auf der psychischen Ebene nichts registriert oder gespeichert wird. Dann ist der Geist, ja sogar das Gehirn, absolut still. In dieser unglaublich tiefen Stille, die nicht durch irgend etwas erzeugt wurde, die nicht kultiviert wurde, auf keine Meditationspraxis zurückzuführen ist, kann jenes außerordentliche Empfinden von etwas Unermeßlichem, Namenlosem aufsteigen.

Die gesamte Bewegung vom Anfang bis zum Ende dieser Rede ist Teil der Meditation.

# Harmonie zwischen dem Bekannten und dem Unbekannten

Wie kann der Geist wissen, ob er das gefunden hat, was er das Höchste, das Unermeßliche, das Namenlose, das Allumfassende nennt? Da er das Grenzenlose, Unerforschliche, das, was nicht erfahren werden kann, keinesfalls *kennen* kann, kann er nichts anderes tun, als sich von allen Formen der Angst, des Schmerzes und des Verlangens zu befreien, die letztendlich nur Illusionen erzeugen. Das »Ich« mit all seinen selbsterschaffenen Bildern ist jenes Zentrum, das in alle Beziehungen etwas Trennendes bringt und daher Konflikte verursacht. Wenn der Geist in die Beziehungen zu anderen keine Harmonie gebracht hat, ist jegliche Wahrheitssuche ganz und gar sinnlos, denn Leben besteht aus Beziehungen. Es ist ein ständiges Sichbeziehen, und wenn Sie das nicht in seiner ganzen Bedeutung verstanden haben, können Sie nicht sehr weit gehen. Ohne das wird jede Suche nach der Wahrheit zu einer Flucht vor der Realität der Beziehung. Solange der Geist nicht tief in rechtem Handeln verwurzelt ist – in einer Ordnung, die Tugend ist –, ist eine solche Suche nach dem Wahren bedeutungslos, denn ein Geist, der nicht frei von Konflikten ist, kann nur in das flüchten, was er sich als wahr und echt vorstellt.

Wie kann der Geist – der so konditioniert, so durch seine Umgebung, durch die Kultur, in die wir hineingeboren werden, geformt wurde – auf das stoßen, was nicht konditioniert ist? Wie kann ein Geist, der ständig mit sich selbst im Widerstreit liegt, das finden, was jenseits aller Konflikte existiert? Wenn wir so fragen, ist die Suche völlig sinnlos. Sinnvoll ist allein die Frage, ob der Geist frei sein kann, frei von Angst, frei von all seinen kleinlichen, egoistischen Kämpfen, frei von Gewalt. Kann der Geist – Ihr Geist – frei davon sein? Das ist die eigentliche Frage. Und wenn der Geist wirklich frei ist – und nur dann –, ist er in der Lage, ohne jegliche Illusionen zu fragen, ob es etwas absolut Wahres, Zeitloses, Unermeßliches gibt oder nicht.

Sie wissen, daß es wirklich wichtig ist, das für sich selbst herauszufinden, denn Sie müssen sich selbst ein Licht sein; Sie können nicht das Licht eines anderen übernehmen oder durch einen anderen erleuchtet werden. Sie müssen dieses ganze Leben selbst ausloten, dieses Leben, mit all seiner Häßlichkeit und Schönheit, mit seinen Vergnügungen, seinem Leid und seiner Verwirrung, und aus diesem Strom heraustreten. Wenn Sie das getan haben, und ich hoffe, das haben Sie, dann können Sie sich fragen, was Religion ist. Alle organisierten Religionen sind Gedankenkonstruktionen, Legenden, die um eine Person, eine Vorstellung oder eine Schlußfolgerung herum gesponnen wurden. Aber das hat nicht das geringste mit Religion zu tun. Religion ist ein ganzheitlich gelebtes Leben, ein Leben, das nicht in Bruchstücke aufgespalten ist.

Bei den meisten Menschen ist der Geist gespalten, fragmentarisch, und alles Fragmentarische ist korrupt.

Wie ist also ein Geist, ein Gehirn beschaffen, das in der Welt im Bereich des Wissens funktionieren und gleichzeitig frei vom Bekannten sein kann? Diese beiden Dinge müssen in Harmonie miteinander sein. Wenn man das tiefer erforschen will, fragt man sich: Was ist Meditation? Wir wollen für uns selbst herausfinden, ob sie überhaupt irgendeine Bedeutung hat. Und dazu müssen Sie zunächst einmal alles verwerfen, was irgend jemand jemals über Meditation gesagt hat. Können Sie das? Oder sind Sie in einem Netz, einer Falle aus Vorstellungen gefangen, die andere Leute über Meditation haben? Wenn Sie darin gefangen sind, dient Ihre ganze Beschäftigung mit Meditation nur Ihrer Unterhaltung, oder Sie versuchen, mit Hilfe irgendeiner Praxis das Licht eines anderen Menschen zu finden. Wenn Sie eine Methode praktizieren, passen Sie Ihren Geist an ein von anderen Menschen vorgegebenes Muster an. Folgen Sie niemandem – auch nicht dem Redner. Akzeptieren Sie nicht, was irgend jemand sagt, denn Sie müssen sich selbst ein Licht sein. Sie müssen völlig allein stehen können, und um dazu fähig zu sein, müssen Sie – weil Sie die Welt sind und die Welt Sie sind – frei von den Dingen der Welt sein, das heißt frei vom »Ich«, vom Ego mit all seinen Aggressionen, Eitelkeiten, Dummheiten und seinem Ehrgeiz.

Was also ist Meditation? Wie finden Sie das heraus? Es ist offensichtlich, daß der Geist still sein muß, wenn man irgend etwas ganz klar sehen will. Wenn ich hören will, was gesagt wird, muß ich dem Gesagten Aufmerksamkeit schenken, und diese Aufmerksamkeit hat die Qualität der

Stille. Um nicht nur die Worte aufzunehmen, sondern auf einer viel tieferen Ebene zu verstehen, muß ich sehr, sehr sorgfältig zuhören. Dann interpretiere ich nicht, was Sie sagen, ich urteile nicht darüber, ich bewerte es nicht, ich höre einfach das Wort und das, was hinter dem Wort steckt; ich weiß, daß das Wort nicht das Eigentliche ist, daß die Beschreibung nicht das Beschriebene ist. So höre ich Ihnen mit totaler Aufmerksamkeit zu. In dieser Aufmerksamkeit gibt es kein »Ich« als Zuhörer, es gibt nicht dieses »Ich«, das sich von Ihnen, dem Sprechenden, abtrennt, das eine Trennung zwischen dem »Ich« und dem »Du« vollzieht. Also muß der Geist, der fähig ist, das Gesagte ganz zu hören und über die Worte hinauszugehen, absolut aufmerksam sein. Sie tun das, wenn Sie beim Anschauen eines Baumes total aufmerksam sind oder wenn Sie einem Musikstück lauschen oder jemandem zuhören, der Ihnen etwas sehr Wichtiges, Ernstes mitteilt. Dieser Zustand der Aufmerksamkeit, in dem das »Ich« völlig verschwindet, ist Meditation. Denn in diesem Zustand gibt es kein Motiv, kein Ziel und keine vom Denken um die Aufmerksamkeit herum errichteten Grenzen.

Aufmerksamkeit setzt einen Geist voraus, der nicht danach strebt, etwas zu erwerben, etwas zu erreichen oder zu sein, der nicht das Ziel hat, irgendwohin zu gelangen. Andernfalls entsteht ein Konflikt. Aufmerksamkeit ist also gleichbedeutend mit völliger Konfliktfreiheit, einem geistigen Zustand, in dem Zielgerichtetheit und Willen keinen Platz haben. Und dieser Zustand stellt sich ein, wenn ich Ihnen zuhöre, wenn ich dem Gesang eines Vogels lausche oder die wunderbaren Berge anschaue. In diesem Zustand der Aufmerksamkeit besteht keinerlei Trennung zwischen dem Beobachter und dem Beobachteten. Wenn diese Trennung *existiert,* dann existiert ein Konflikt.

Aber das ist nur der Anfang der Meditation. Und wenn es dem Geist mit seiner Suche wirklich Ernst ist, dann ist diese Meditation notwendig, denn dann wird unser Leben, das seinen Sinn verloren hat, wieder sinnvoll. Das Leben wird zu einem Fluß, einer Harmonie zwischen dem Bekannten und dem Unbekannten.

Meditation ist gleichbedeutend mit einem Leben, in dem keinerlei Kontrolle stattfindet. Wir verschwenden unser Leben, weil eine ungeheure Menge unserer Energie im Kontrollieren verpufft. Wir bringen unsere Tage damit zu, uns selbst und unser Leben zu kontrollieren: »Ich muß«; »Ich darf nicht«; »Ich sollte«; »Ich sollte nicht«. Wir unterdrücken, expandieren, halten fest, ziehen uns zurück, binden uns und brechen aus Bindungen aus; wir setzen den Willen ein, um Dinge zu erreichen, um zu kämpfen, um etwas aufzubauen – all das ist stets mit bestimmten Zielen verbunden, und wo eine Richtung ist, muß Kontrolle sein.

Wir verbringen unsere Tage mit Kontrollieren und wissen nicht, wie wir ein freies Leben, ein Leben frei von jeglicher Kontrolle führen können. Um herauszufinden, wie man ohne den geringsten Schatten von Kontrolle leben kann, muß man eine große Bereitschaft zum Forschen, eine große Ernsthaftigkeit mitbringen.

Warum kontrollieren wir überhaupt, und wer ist die kontrollierende Instanz, wer ist der Kontrollierende? Was kontrolliert er, das heißt, was hält er zurück, was steuert er, formt er, woran paßt er sich an, was ahmt er nach? Jeder kann in sich selbst solche widersprüchlichen Wünsche beobachten. Etwas wollen und es nicht wollen, dies tun und jenes nicht tun – die Gegensätze der Dualität. Aber gibt es die Dualität, die Gegensätze überhaupt wirklich? Ich spreche jetzt nicht von den äußeren Gegensätzen zwischen Mann und Frau, hell und dunkel, sondern von inneren Gegensätzen. Gibt es auf der psychischen Ebene überhaupt Gegensätze, oder existiert da nur das, »was ist«? Das Gegensätzliche existiert nur, wenn ich nicht weiß, was ich mit dem, »was ist«, anfangen soll. Wenn ich weiß, was ich damit anfangen soll, wenn mein Geist in der Lage ist, mit dem, »was ist«, umzugehen und darüber hinauszugehen, ist das Gegenteil völlig überflüssig. Das heißt, wenn Sie, wie die meisten Menschen, gewalttätig sind, dann ist es völlig sinnlos, das Gegenteil, also Gewaltlosigkeit, zu praktizieren, denn zwischen beidem liegt eine Zeitspanne, und in diesem Zeitintervall sind Sie gewalttätig. Das einzig Sinnvolle ist, über die Gewalttätigkeit hinauszugehen, also nicht ihr Gegenteil anzustreben, sondern einfach frei davon zu sein. Ich interpretiere das Neue immer auf der Basis des Alten, und deshalb kann ich dem Neuen nie mit einem frischen, unschuldigen Geist begegnen. Ich interpretiere die neue Reaktion, das neue Gefühl, das ich habe, als Gewalttätigkeit, weil ich es durch die Brille meiner alten Vorstellungen, Schlußfolgerungen und Bezeichnungen betrachte. Also bringt die Vergangenheit das Gegenteil dessen, »was ist«, hervor. Doch wenn der Geist das, »was ist«, beobachten kann, ohne es zu benennen, zu kategorisieren, in einen Rahmen zu pressen, und wenn er keine Energie aufwendet, um davor zu flüchten, wenn er es ohne den Beobachter, der ja die Vergangenheit repräsentiert, anschauen kann, wenn er es beobachten kann, ohne mit den Augen der Vergangenheit zu schauen, dann sind Sie völlig frei davon. Tun Sie es, und Sie werden sehen.

Haben Sie bei sich selbst bemerkt, daß immer eine Trennung zwischen dem Beobachter und dem Beobachteten besteht? Da sind Sie, die das Objekt anschauen, also besteht eine Trennung zwischen Ihnen und dem, was Sie betrachten. Sie betrachten einen Baum, und der Betrachter – die Vergangenheit – sagt: »Das ist eine Eiche.« Wenn er sagt: »Das ist eine Eiche«, repräsentiert dieses Wissen die Vergangenheit, und diese Vergangenheit ist der Betrachter, der Beobachter. Der Beobachter ist also vom Baum getrennt. Das muß natürlich so sein. Aber wie steht es mit dem psychischen Bereich? Ist da der Beobachter auch von dem getrennt, was er beobachtet? Wenn ich sage: »Ich bin gewalttätig«, ist dann der Beobachter, der Sehende, der sagt: »Ich bin gewalttätig«, von dem getrennt, was er als gewalttätig bezeichnet? Offensichtlich nicht. Wenn er sich als Beobachter von der Tatsache abtrennt, erzeugt er eine Dualität, er erzeugt einen Konflikt und versucht, diesem Konflikt mit Hilfe verschiedener Methoden zu entfliehen. Der Beobachter ist also nicht fähig, sich diesem Faktum der Gewalttätigkeit zu stellen. Arbeiten Sie daran, diese konflikterzeugende Trennung zwischen dem Beobachter und dem Beobachteten zu verstehen!

In der Meditation ist das Leben eine ganzheitliche Strömung, es ist nicht fragmentarisch, nicht in »Ich« und »Du« aufgespalten. Es gibt dann kein Ich, das Erfahrungen macht. Können Sie sehen, daß der Geist unfähig ist, etwas zu erfahren, was er nicht bereits kennt? Der Geist kann das Unermeßliche nicht erfahren. Sie können diesem Wort eine bestimmte Bedeutung geben und sagen: »Ich werde diesen unermeßlichen Zustand erfahren«, das höhere Bewußtsein oder wie Sie es nennen wollen, aber wer ist der Erfahrende? Der Erfahrende ist die Vergangenheit, und er kann die Erfahrung nur im Rahmen der Vergangenheit wiedererkennen, er muß sie also bereits kennen. Deshalb gibt es in der Meditation keine Erfahrungen. Ach, wenn Sie das tun würden, stiegen Sie in den höchsten Himmel auf! . . .

Sie müssen nicht nur diesen ganzen Fluß des täglichen Lebens verstehen, der Teil der Meditation ist, und völlig ohne Kontrolle leben, damit kein Konflikt entsteht, keine Richtung vorgegeben ist, sondern Sie müssen auch ein aktives, reales, kreatives, ungeheuer energiegeladenes Leben führen. In der Meditation wird der Geist völlig still. In der Stille ist Raum – und unser Geist hat keinen Raum. Er ist zu vollgestopft mit all dem Wissen, das wir im Laufe der Zeit erworben haben, und ist ständig mit sich selbst beschäftigt – was er tun muß, was er nicht tun darf, was er erreichen muß, was er gewinnen muß, was andere über ihn denken. Er ist voll von Wissen über andere Leute, voller Schlußfolgerungen, Vorstellungen und Meinungen. Wir haben also sehr wenig Raum in unserem Geist, und dies ist eine der Ursachen für Gewalt. Wir haben sehr wenig Raum in unserem Innern, aber wir brauchen Raum. Es ist Teil der Meditation, auf jenen Raum zu stoßen, den das Denken nicht erfunden hat, denn wenn Sie Raum haben, kann der Geist ganzheitlich funktionieren. Ein Gehirn, das vollkommen in Ordnung ist – in dem absolute, nicht relative Ordnung herrscht –, kennt keinen Konflikt und kann sich deshalb frei im Raum bewegen.

Stille ist in Wirklichkeit gleichbedeutend mit höchster Ordnung. Stille ist also nicht etwas, das Sie erfinden oder praktizieren oder dessen Sie sich bewußt zu werden versuchen. In dem Augenblick, in dem Sie sich bewußt sind, daß

Sie still sind, ist es nicht Stille. Stille ist die höchste mathematische Ordnung, und in dieser Stille werden die anderen Teile des Gehirns, die nicht beschäftigt, nicht aktiv waren, total aktiv. Im Gehirn besteht kein Konflikt, und daher hat es viel Raum, keinen ausgedachten Raum, sondern ein wirkliches Gefühl von Raum, der grenzenlos ist. Darin hat das Denken keinen Platz. Um dies hier zu beschreiben, setzen wir das Denken ein, wir benutzen die Wörter, die der Verstand gebraucht, um sich mitteilen zu können, aber die Beschreibung ist nicht das Beschriebene. Der Geist und damit das Gehirn wird vollkommen still, in ihm herrscht die höchste Ordnung. Und wo Ordnung herrscht, da ist ungeheurer Raum. Was aber in diesem Raum liegt, kann Ihnen niemand sagen, denn es ist absolut unbeschreiblich. Jeder – ganz gleich, wer es ist –, der diesen Raum beschreibt oder ihn durch das monotone Wiederholen von Wörtern und ähnlichen Unsinn zu erreichen versucht, entweiht etwas Heiliges.

Das ist Meditation. Und sie ist Teil unseres täglichen Lebens, nichts, was Sie zu besonderen Zeiten tun; sie ist die ganze Zeit da und schafft Ordnung in allen Dingen. Darin liegt große Schönheit. Nicht die Schönheit der Berge, der Bäume, nicht die Schönheit von Gemälden im Museum oder von Musik, sie selbst *ist* Schönheit und daher Liebe.

# Ein heiliges Leben

Wo das Selbst aktiv ist, ist Meditation nicht möglich. Es ist sehr wichtig, daß Sie das nicht nur verbal, sondern wirklich verstehen. Meditation ist ein Prozeß, bei dem der Geist von sämtlichen Aktivitäten des Selbst, des »Ich«, entleert wird. Wenn Sie die Aktivität des Selbst nicht verstehen, führt Ihre Meditation zu Illusionen und Selbsttäuschungen und ruft nur weitere Verwirrung hervor. Um also zu verstehen, was Meditation ist, müssen Sie auch die Aktivität des Selbst verstehen.

Das Selbst hat Tausende von weltlichen, sinnlichen oder intellektuellen Erfahrungen gemacht, aber es ist davon gelangweilt, weil diese Erfahrungen ziemlich bedeutungslos sind. Das Verlangen nach umfassenderen, transzendentalen Erfahrungen ist ebenfalls Teil des »Ich«, des Selbst. Um solche Erfahrungen zu machen oder Visionen zu haben, müssen Sie in der Lage sein, diese Erfahrungen oder Visionen zu erkennen, doch wenn Sie sie erkennen können, sind sie nicht neu, es sind lediglich Projektionen Ihres eigenen Erfahrungshintergrundes, Ihrer Konditionierung, an denen der Geist sich ergötzt, als seien sie etwas völlig Neues. Bitte stimmen Sie nicht einfach zu, sondern sehen Sie die Wahrheit des Gesagten, dann ist es Ihre Wahrheit.

Der Geist, das Selbst, strebt unter anderem danach, das, »was ist«, in das, »was sein sollte«, zu ändern. Er weiß nicht, was er mit dem, »was ist«, anfangen soll, weil er es nicht auflösen kann. Deshalb projiziert er eine Vorstellung dessen, »was sein sollte«, eine Vorstellung des Idealzustandes, in die Zukunft. Diese Projektion ist die Antithese dessen, »was ist«, und deshalb besteht ein Konflikt zwischen dem, »was ist«, und dem, »was sein sollte«. Dieser Konflikt ist die Lebensquelle des Selbst.

Eine weitere Aktivität des Selbst ist der Wille – der Wille, etwas zu werden, der Wille, das, »was ist«, in das, »was sein sollte«, zu verwandeln. Der Wille ist eine Form von Widerstand, die uns von frühester Jugend an gelehrt wurde. Der Wille ist sowohl im ökonomischen als auch im sozialen und religiösen Bereich außerordentlich wichtig für uns geworden. Der Wille ist eine Form von Ehrgeiz, aus dem der Wunsch entsteht, die Dinge zu kontrollieren – einen Gedanken durch einen anderen, einen Denkprozeß durch einen anderen zu kontrollieren. »Ich muß mein Verlangen, meine Wünsche kontrollieren.« Das »Ich« wird vom Denken erschaffen, es ist ein Gedankengebilde aus Erinnerungen und Erfahrungen. Dieses Gedankenkonstrukt will einen anderen Gedankenprozeß kontrollieren, formen, unterbinden.

Eine der Aktivitäten des Selbst besteht darin, sich als »Ich«, als Beobachter abzutrennen. Der Beobachter ist die Vergangenheit, er ist alles angesammelte Wissen, alle gemachten Erfahrungen, alle gespeicherten Erinnerungen. So trennt sich das »Ich« als Beobachter vom »Du«, dem Beobachteten. Wir und die anderen. Wir, die Deutschen, die Kommunisten, die Katholiken, die Hindus und sie, die Heiden und so weiter und so fort. Solange sich die Aktivitäten des Selbst fortsetzen – solange das »Ich« als Beobachter, als Kontrollierender, als Wille, als forderndes, wünschendes, erfahrendes Selbst existiert, kann Meditation nur ein Mittel zur Selbsthypnose sein, eine Flucht vor dem täglichen Leben, eine Flucht vor all dem Elend und allen Problemen. Solange das Selbst auf diese Weise aktiv ist, ist Selbsttäuschung unvermeidlich. Bitte sehen Sie diese Realität, verstehen Sie nicht nur die Worte, sondern die Tatsache, daß ein Mensch, der wirklich wissen will, was Meditation ist, der wissen will, was tatsächlich geschieht, alle Aktivitäten des Selbst verstehen muß.

Meditation ist das Entleeren des Geistes von allen Aktivitäten des Selbst. Aber Sie können den Geist nicht durch irgendeine Praxis oder Methode von den Aktivitäten des Selbst befreien, und auch nicht, indem Sie jemanden bitten, Ihnen zu sagen, was Sie tun sollen. Deshalb müssen Sie, wenn Sie wahrhaftig an diesen Dingen interessiert sind, für sich selbst herausfinden, wie Ihr »Selbst« funktioniert – Sie müssen seine Gewohnheiten, seine Ausdrucksweisen, Gesten, Täuschungen verstehen, seine Schuldgefühle, die Sie pflegen und an denen Sie festhalten, als wären sie etwas Kostbares, anstatt sie zu verwerfen. Sie müssen alle Aktivitäten des Selbst verstehen. Und dazu ist Achtsamkeit erforderlich. Was bedeutet es, achtsam zu sein? Achtsamkeit ist ein aufmerksames Beobachten, ein Gewahrsein, das völlig frei von Motiven oder Wünschen ist, ein Beobachten ohne jegliche Interpretation oder Verzerrung. Aber das ist nicht möglich, solange da ein Beobachter ist, der *versucht,* achtsam zu sein. Können Sie so achtsam, so aufmerksam sein, daß in dieser Aufmerksamkeit nur das Beobachten und nicht der Beobachter existiert?

Bitte hören Sie genau zu. Sie haben folgende Aussage gehört: Achtsamkeit ist ein geistiger Zustand, bei dem der Beobachter mit seinen Wünschen und Motiven nicht existiert. Sie hören diese Aussage. Und dann wollen Sie sie sofort in die Praxis umsetzen. Sie fragen sich: »Was muß ich tun? Wie kann ich es erreichen, ohne den Beobachter achtsam zu sein?« Sie wollen also sofort aktiv werden – und das bedeutet, daß Sie die Aussage nicht wirklich gehört haben. Sie sind mehr daran interessiert, die Aussage in die Tat umzusetzen, als sie zu hören. Es ist wie beim Betrachten einer Blume. Die Blume ist da, ihre Schönheit, ihr Duft, ihre Farbe, ihre Anmut. Sie schauen sie an und pflücken sie, Sie zerstören sie. Und das gleiche tun Sie, wenn Sie die Aussage hören, daß in der Achtsamkeit, im Gewahrsein kein Beobachter existiert und daß Sie einen Konflikt haben, wenn der Beobachter da ist. Sie hören diese Aussage, und die unmittelbare Reaktion des Verstandes ist: »Wie kann ich das erreichen?« Es geht Ihnen also mehr darum, was Sie mit dieser Aussage anfangen können, als darum, sie wirklich zu hören. Wenn Sie sie wirklich ganz hören, atmen Sie ihren Duft, ihre Wahrheit ein. Und dann wirkt der Duft, die Wahrheit und nicht das »Ich«, das sich angestrengt darum bemüht, es richtig zu machen. Haben Sie das verstanden?

Um also die Schönheit und Tiefe der Meditation zu entdecken, müssen Sie die Aktivitäten des Selbst untersuchen, des »Ich«, welches ein Produkt der Zeit ist. Sie müssen also verstehen, was Zeit ist.

Bitte hören Sie genau zu. Hören Sie zu, tun Sie gar

nichts, hören Sie einfach zu. Finden Sie heraus, ob das Gesagte wahr oder unwahr ist. Beobachten Sie einfach. Hören Sie mit ganzem Herzen zu, nicht mit Ihrem lausigen kleinen Verstand.

Zeit ist Bewegung, und zwar sowohl im physischen als auch im psychischen Bereich. Auf der physischen Ebene brauchen Sie Zeit, um sich von hier nach dort zu bewegen. Auf der psychischen Ebene besteht die Zeitströmung darin, das, »was ist«, in das, »was sein sollte«, zu ändern. Das Denken, das Zeit ist, kann also nie zum Stillstand kommen, weil es ein ununterbrochener Strom ist, und dieser Strom ist Teil des Selbst. Wir sagen, das Denken ist der Strom der Zeit.

Denken ist der Strom der Zeit, weil es unserem Wissen, unseren Erfahrungen, unserem Gedächtnis entspringt, das ja Zeit repräsentiert. Das Denken kann also nie still sein. Es kann nie neu sein, und es kann niemals zur Freiheit führen.

Wenn man der Beschaffenheit des Selbst mit all seinen Reaktionen und Aktivitäten – seinem Ehrgeiz, seinem Streben nach Erfüllung, seinen Beziehungen – gewahr ist, dann führt dieses Gewahrsein zu *einem Geist,* der vollkommen still ist. Nicht das Denken ist still – verstehen Sie den Unterschied? Die meisten Menschen versuchen, ihre Gedanken zu kontrollieren, in der Hoffnung, dadurch Stille in ihrem Geist zu erzeugen. Ich habe viele Menschen gesehen, die das jahrelang praktizierten, die jahrelang versuchten, ihre Gedanken zu kontrollieren, weil sie hofften, auf diese Weise geistige Stille zu finden. Aber sie sehen nicht, daß das Denken ein Strom ist. Man kann diesen Strom in den Beobachter und das Beobachtete, in den Denker und das Gedachte oder in den Kontrollierenden und das Kontrollierte aufspalten, aber es ist und bleibt ein Strom. Das Denken kann nie still werden: Wenn es still ist, stirbt es. Deshalb kann es sich nicht leisten, still zu sein.

Wenn Sie tief in all das, in Ihr eigenes Inneres, eingetaucht sind, werden Sie sehen, daß der Geist vollkommen still wird – ohne Zwang, ohne Kontrolle, ohne Hypnose. Und er muß still sein, denn nur in dieser Stille kann etwas völlig Neues, etwas Unbekanntes stattfinden. Wenn ich meinen Geist durch verschiedene Tricks, Meditationspraktiken oder Schocks zwinge, still zu sein, dann ist das die Stille eines Geistes, der mit dem Denken gekämpft hat, der das Denken kontrolliert und unterdrückt hat. Ein solcher Geist unterscheidet sich völlig von einem, der die Aktivität des Selbst gesehen hat, der den Strom des Denkens als Zeit gesehen hat. Das Gewahrsein dieses ganzen Stromes führt zu jener geistigen Qualität der vollkommenen Stille, in der etwas absolut Neues stattfinden kann.

Meditation ist die Entleerung des Geistes von jeglichen Aktivitäten des Selbst. Erfordert das Zeit? Wird dieses Entleeren, oder besser gesagt – ich werde das Wort »entleeren« hier nicht benutzen, es könnte Sie ängstigen –, können diese Aktivitäten des Selbst im Laufe der Zeit, im Laufe von Tagen oder Jahren enden? Oder müssen sie unmittelbar enden? Ist das überhaupt möglich? All das ist Teil Ihrer Meditation. Wenn Sie sich sagen: »Ich werde mich allmählich meines Selbst entledigen«, dann ist das Teil Ihrer Konditionierung, und in der Zwischenzeit vergnügen Sie sich. Wenn Sie das Wort *allmählich* ins Spiel bringen, dann bringen Sie die Zeit ins Spiel, eine Zeitspanne, und während dieser Zeitspanne frönen Sie den Aktivitäten Ihres Selbst – Ihren Vergnügungen, Ihren Schuldgefühlen, die Sie so gerne pflegen, an denen Sie so hängen, und auch Ihren Ängsten und Spannungen, die Ihnen auf gewisse Weise das Gefühl geben, lebendig zu sein. Und Sie sagen: »Es braucht Zeit, um von all dem frei zu werden.« Das ist Teil unserer Kultur, unserer evolutionären Konditionierung. Aber braucht es wirklich Zeit, den Aktivitäten des Selbst auf der psychischen Ebene ein Ende zu setzen? Oder ist überhaupt keine Zeit nötig, sondern eher das Freisetzen einer neuen Art von Energie, die all das unmittelbar auslöscht?

Sieht der Geist wirklich, wie falsch die Vorstellung ist, er brauche Zeit, um die Aktivitäten des Selbst aufzulösen? Sehe ich klar, daß das eine falsche Vorstellung ist? Oder verstehe ich intellektuell, daß es nicht ganz richtig ist, und mache einfach weiter damit? Wenn ich tatsächlich sehe, daß es falsch ist, dann ist es vorbei, nicht wahr? Dann ist überhaupt keine Zeit im Spiel. Zeit wird nur gebraucht, wenn man analysiert, wenn man jedes einzelne der vielen Bruchstücke untersucht, aus denen sich das »Ich« zusammensetzt. Wenn ich diese ganze Bewegung als Denkprozeß sehe, hat sie keine Bedeutung, auch wenn der Mensch sie als unvermeidlich akzeptiert hat. Dann endet sie, weil der Geist sieht, wie falsch das ist. Man geht nicht zu nahe an einen Abgrund heran, es sei denn, man ist nicht ganz bei Verstand, und dann fällt man hinunter. Ein geistig gesunder Mensch bleibt dem Abgrund fern. Und er braucht keine Zeit dazu, er handelt unmittelbar, denn er sieht, was geschehen würde, wenn er hinunter fiele. Für das Denken gilt das gleiche: Wenn man das Falsche daran sieht, wenn man sieht, wie falsch es ist, zu analysieren und Zeit als notwendige Voraussetzung zu betrachten, dann löst sich das Denken als »Ich« unmittelbar auf.

Ein religiöses Leben ist also ein meditatives Leben, frei von den Aktivitäten des Selbst. Ein solches Leben kann man täglich in dieser Welt leben. Das heißt, man kann als menschliches Wesen ein Leben in ständiger Wachheit und Achtsamkeit führen, ein Leben, bei dem der aufmerksame Geist die Aktivität des Selbst beobachtet. Und dieses Beobachten geschieht aus der Stille heraus, nicht aus der Verwirrung. Denn der Geist hat die Aktivitäten des Selbst beobachtet, hat gesehen, wie falsch sie sind, und ist deshalb außerordentlich sensibel und still geworden. Und er handelt aus dieser Stille heraus. *Im täglichen Leben.*

Haben Sie das verstanden? Haben wir das miteinander geteilt? Denn es ist Ihr Leben, nicht mein Leben. Es ist Ihr Leben voller Schmerzen und Tragödien, voller Schuldgefühle, Verwirrung, Belohnung und Bestrafung. All das ist Ihr Leben. Wenn Sie diese Dinge ernst nehmen, sind Sie schon dabei, dieses Chaos zu entwirren. Sie haben bestimmte Bücher gelesen, sind einem Lehrer gefolgt, haben gehört, was andere zu sagen haben, aber die Probleme sind geblieben. Und diese Probleme werden so lange weiterexistieren, solange der menschliche Geist sich im Aktivitätsfeld des Selbst bewegt; diese ichbezogenen Aktivitäten *müssen* immer mehr Probleme schaffen. Wenn Sie beobachten, wenn Sie sich dieser Aktivität ihres Selbst völlig bewußt werden, wird der Geist außerordentlich still, heil, ja heilig. Und aus dieser Stille heraus wird unser alltägliches Leben transformiert.

Religion ist die Auflösung des »Ich« und ein Handeln, das dieser Stille entspringt. Ein solches Leben ist ein sinnvolles, ein heiliges Leben.

# Mit stillem Geist beobachten

Um entdecken zu können, was es bedeutet zu lieben, muß man da nicht frei sein von Besitzstreben, Bindung, Eifersucht, Wut, Haß und Angst? Frei von Bindung – schauen wir uns das einmal an. An was sind Sie gebunden, wenn Sie gebunden sind? Nehmen wir an, jemand hängt an einem bestimmten Tisch. Was bedeutet diese Bindung für ihn? Vergnügen, Besitzerstolz, das Schätzen des Gebrauchswertes dieses Möbelstücks, das Gefühl, daß es ein wunderschöner Tisch ist, und so weiter und so weiter. Was geht vor sich, wenn ein Mensch an einem anderen Menschen hängt, an eine Person gebunden ist? Welche Gefühle hat ein Mensch, der an Sie gebunden ist? In dieser Bindung finden wir Besitzerstolz, aber auch Herrschsucht, die Angst, den anderen zu verlieren, und deshalb Eifersucht, die zu einer noch stärkeren Anhänglichkeit, zu noch stärkerem Besitzstreben und noch größerer Angst führt. Bedeutet die Abwesenheit einer solchen Bindung, daß keine Liebe, kein Verantwortungsgefühl da ist? Die meisten von uns kennen Liebe nur als diesen schrecklichen Konflikt zwischen zwei Menschen, und so sind Beziehungen ständig von Ängsten und Spannungen begleitet. Sie wissen das, ich brauche Ihnen das nicht zu erzählen. Und das nennen wir Liebe. Um dieser schrecklichen Anstrengung, die wir Liebe nennen, ab und zu zu entfliehen, haben wir uns alle möglichen Arten der Unterhaltung ausgedacht – vom Fernsehen bis hin zur Religion. Wir streiten uns, dann gehen wir in die Kirche oder in den Tempel, wir kehren zurück, und der Streit beginnt von vorne. So geht es in einem fort.

Kann ein Mann oder eine Frau frei von diesem ganzen Konflikt sein, oder ist das unmöglich? Wenn es nicht möglich ist, dann ist unser Leben ein einziger fortwährender Spannungszustand, der zu allen möglichen neurotischen Einstellungen, Überzeugungen und Verhaltensweisen führt. Ist es möglich, frei von Bindungen zu sein? Kann ein Mensch ungebunden sein und sich dennoch verantwortlich fühlen? Freiheit von Bindung bedeutet nicht das Gegenteil, es bedeutet nicht Trennung. Es ist sehr wichtig, das zu verstehen. Wenn wir gebunden sind, kennen wir den Schmerz der Bindung, die damit einhergehende Spannung und Angst, und wir sagen uns: »Mein Gott, ich muß mich aus diesem Alptraum befreien.« Also beginnt die Schlacht der Trennung, der Konflikt. Wenn Sie sich des Wortes und der Tatsache bewußt sind – des Wortes »Bindung« und der Freiheit von diesem Wort, des Wortes Bindung und dem Gefühl, das es repräsentiert –, dann beobachten Sie dieses Gefühl ohne jegliche Wertung. Dann werden Sie feststellen, daß aus diesem totalen Beobachten eine ganz andere Qualität hervorgeht, die weder Bindung noch Trennung ist. Tun Sie das, während wir sprechen, oder hören Sie nur eine Menge Wörter? Sie wissen, daß Sie sehr stark an ein Haus, ein Glaubenssystem, an ein Vorurteil, eine Schlußfolgerung, einen Menschen, ein Ideal gebunden sind. Bindung vermittelt ein starkes Gefühl von Sicherheit, aber das ist eine Illusion, nicht wahr? Es ist eine Illusion, an etwas gebunden zu sein, denn dieses Etwas könnte aus Ihrem Leben verschwinden. Sie sind also an das Bild gebunden, das Sie sich von etwas gemacht haben. Können Sie frei von dieser Bindung sein, so daß Ihre Verantwortlichkeit nichts mit Pflicht zu tun hat?

Was ist Liebe, wenn keine Bindung existiert? Wenn Sie an eine Nationalität gebunden sind, verherrlichen Sie die Isolation dieser Nationalität, das ist eine Form glorifizierten Stammesdenkens. Und wozu führt das? Es wirkt trennend, nicht wahr? Wenn ich sehr stark an meine Nationalität als Hindu gebunden bin und Sie an Ihre Nationalität als Deutscher, Franzose, Italiener, Engländer, dann sind wir voneinander getrennt – und alle damit verbundenen Schwierigkeiten, die Kriege und Auseinandersetzungen, werden sich fortsetzen. Was geschieht nun, wenn Sie nicht gebunden sind? Ist das Liebe?

Bindung wirkt also trennend. Ich bin an mein Glaubenssystem gebunden und Sie an Ihres, und das bedeutet Trennung. Ich bitte Sie einfach, die Konsequenzen, die Folgen zu sehen. Wo Bindung existiert, existiert Trennung, und daraus entstehen Konflikte. Wo aber Konflikte existieren, kann keine Liebe sein. Und welche Art von Beziehung besteht zwischen zwei Personen, wenn sie frei von Bindung und all den damit einhergehenden Konflikten sind? Ist das der Beginn – ich sage nur, *der Beginn* – bitte seien Sie nicht voreilig – ist das der Beginn des Mitgefühls? Wenn es keine Nationalität und keine Bindung an irgendein Glaubenssystem, irgendein Ideal gibt, dann ist ein Mensch ein freies Individuum, und seine Beziehung zu einem anderen Menschen beruht auf Freiheit, auf Liebe, auf Mitgefühl.

Sehen Sie, all das ist Teil der Achtsamkeit. Müssen Sie nun analysieren, wie wir es getan haben, um herauszufinden, was Bindung mit allen Konsequenzen bedeutet, oder können Sie zuerst unmittelbar das Ganze sehen und *dann* analysieren (nicht andersherum)? Wir sind daran gewöhnt zu analysieren, das gehört zu unserer Ausbildung, und wir bringen eine Menge Zeit damit zu. Doch ich schlage etwas ganz anderes vor: Ich schlage vor zu beobachten, das Ganze zu sehen und dann erst zu analysieren. Dann wird es sehr einfach. Aber wenn Sie versuchen, durch Analysieren zur Ganzheit zu kommen, können Sie leicht in die Irre gehen; und das tun Sie normalerweise auch. Aber wenn man etwas in seiner Gesamtheit betrachtet, das heißt, wenn man kein Ziel dabei verfolgt, dann wird Analyse entweder wichtig oder unwichtig, Sie können analysieren, oder Sie können es bleibenlassen.

Von diesem Punkt ausgehend würde ich gerne etwas anderes genauer untersuchen. Gibt es irgend etwas Heiliges im Leben, das Teil von all dem ist? Gibt es etwas Heiliges in Ihrem Leben? Halten Sie sich nicht mit dem Wort auf, entfernen Sie das Bild, das Symbol – das sehr gefährlich ist –, und fragen Sie sich dann: »Gibt es etwas wirklich Heiliges in meinem Leben, oder ist alles oberflächlich, ist alles nur ein Produkt des Denkens?« Das Denken ist nicht heilig, nicht wahr? Glauben Sie, das Denken und die Dinge, die es erschaffen hat, seien heilig? Wir wurden darauf konditioniert; als Hindu, Buddhist oder Christ wurden wir dazu erzogen, Dinge zu verehren, anzubeten, die der Verstand erschaffen hat. Wir nennen diese Dinge heilig.

Man muß das untersuchen. Denn wenn man nicht herausfindet, ob es etwas wirklich Heiliges gibt, das nicht vom Denken erschaffen wurde, dann wird das Leben immer oberflächlicher, immer mechanischer und am Ende absolut sinnlos. Sie wissen, daß wir außerordentlich stark an das Denken, an unsere Denkprozesse gebunden sind und daß wir Dinge anbeten, die der Verstand sich ausgedacht hat. Ein Bild, ein Symbol, eine Skulptur – ob nur ausgedacht oder von Hand gemacht – repräsentiert den Denkprozeß. Und Denken ist gleich Erinnerung, Erfahrung, Wissen, und das repräsentiert wiederum die Vergangenheit. Die Vergangenheit wird zur Tradition, und die Tradition wird zu etwas Heiligem. Beten wir also die Tradition an? Gibt es etwas, das nichts mit Denken und Tradition, mit Ritualen und all diesem Firlefanz zu tun hat? Das muß man herausfinden.

Aber wie finden Sie es heraus? Es gibt keine Methode; wenn ich das Wort »wie« verwende, weise ich nicht auf eine Methode hin. Gibt es irgend etwas Heiliges im Leben?

Ein großer Teil der Menschheit sagt: »So etwas gibt es überhaupt nicht. Der Mensch ist das Produkt seiner Umwelt, und die Umwelt kann man verändern. Man sollte also nie von etwas Heiligem sprechen. Der Mensch kann nur rein materiell ein glückliches Individuum sein.« Aber wenn man sehr, sehr ernsthaft an diese Sache herangeht – und man muß wirklich sehr ernsthaft darangehen –, dann kann man weder zur materialistischen noch zur religiösen Fraktion gehören, deren Glaubensinhalte ebenfalls nur Gedankenkonstrukte sind. Man muß es also herausfinden. Man setzt nichts voraus. Man fängt an zu forschen.

Was bedeutet es, sich selbst zu erforschen, um herauszufinden, ob es irgend etwas zutiefst Heiliges im eigenen Leben gibt – im Leben, nicht im eigenen Leben –, im Leben an sich? Gibt es etwas Wunderbares, Heiliges? Oder gibt es nichts dergleichen?

Um das herauszufinden, muß der Geist sehr still sein, denn nur in dieser Freiheit ist er dazu fähig. Er muß frei sein, um sehen zu können, aber wenn Sie sagen: »Also, ich mag meinen Glauben, ich werde dabei bleiben«, sind Sie nicht frei.

Aber Sie sind auch nicht frei, wenn Sie sagen: »Außer der Materie gibt es nichts«, denn das ist auch nur ein Gedanke. Um also wirklich beobachten zu können, muß man frei von den kulturellen Prägungen, von persönlichen Wünschen und Hoffnungen, Vorurteilen, Sehnsüchten und Ängsten sein. Sie können nur beobachten, wenn Ihr Geist vollkommen still ist. Kann er völlig bewegungslos sein? Denn jegliche Bewegung bedeutet Verzerrung. Man empfindet das als furchtbar schwierig, weil die Gedanken so plötzlich auftauchen. Also sagt man: »Ich muß die Gedanken kontrollieren.« Aber der Kontrollierende ist das, was er kontrolliert. Wenn Sie das sehen, wenn Sie sehen, daß der Denker das Denken, der Kontrollierende das Kontrollierte, der Beobachter das Beobachtete ist, dann findet keine Bewegung mehr statt. Man erkennt, daß die Wut ein Teil des Beobachters ist, der sagt: »Ich bin wütend«; also sind die Wut und der Beobachter ein und dasselbe. Das ist klar und einfach. Und so ist auch der Denkende, der das Denken kontrollieren will, noch immer das Denken selbst. Wenn man das erkennt, kommen die Gedankenbewegungen zum Stillstand.

Wenn im Geist keinerlei Bewegung stattfindet, ist er ohne Zwang, ohne Mühe, ohne Willensanstrengung still. Seine Stille ist dann etwas Natürliches, nichts Antrainiertes, denn das wäre rein mechanisch, das wäre keine Stille, sondern nur eine Illusion von Stille. Da ist also Freiheit. Freiheit ist all das, worüber wir gesprochen haben, und in dieser Freiheit ist Stille, das heißt, es findet keine Bewegung statt. Dann können Sie beobachten – dann *ist da* Beobachtung, denn nur das Beobachten *ist,* der Beobachtende existiert nicht. Da ist also nur reines Beobachten aus dieser totalen Stille heraus, der Geist ist vollkommenen still. Was geschieht dann?

Wenn Sie so weit gegangen sind – wenn Sie frei von aller Konditionierung sind und deshalb keine Bewegung stattfindet, wenn da vollkommene Stille herrscht –, dann ist Intelligenz da, nicht wahr? Das Wesen der Bindung mit all ihren Konsequenzen zu sehen, diese Erkenntnis zu haben, das ist Intelligenz. Nur wenn Sie zu diesem Punkt kommen, das heißt, wenn die Intelligenz freigesetzt wird, haben Sie einen stillen, gesunden Geist. Und in dieser Stille finden Sie heraus, ob es etwas wirklich Heiliges gibt oder nicht.

# Erleuchtung findet man nicht an einem bestimmten Ort

Wir sollten einmal über die Beziehung der Religion zum täglichen Leben nachdenken und uns fragen, ob es etwas Unnennbares, ein zeitloses Bewußtsein gibt oder nicht. Man kann es Erleuchtung nennen, die Erkenntnis der absoluten Wahrheit. Kann der menschliche Geist je auf etwas stoßen, das unwandelbar, nicht korrumpierbar ist, etwas, das sich dieses menschliche Gehirn nicht ausgedacht hat und das dem Leben einen besonderen Duft, eine Schönheit und Anmut verleiht?

Der Mensch hat, wie die Geschichte uns lehrt, von jeher auf so vielen verschiedenen Wegen nach etwas gesucht, das ihn über sein gewöhnliches Leben, über diese Welt hinausführt. Er hat alles mögliche dafür getan – er hat gefastet, sich gegeißelt, sich alle möglichen neurotischen Verhaltensweisen angeeignet, hat Legenden und ihre Helden verehrt und die Autorität anderer akzeptiert, die ihm sagten: »Ich kenne den Weg, folge mir.« Im Osten wie im Westen suchte der Mensch von jeher eine Antwort auf diese Frage. Die Intellektuellen, die Philosophen, Psychologen und Analytiker betrachten diese Suche als neurotisch, in ihren

Augen ist sie völlig sinnlos. Sie betrachten sie als eine Art von Hysterie, eine Illusion, etwas, was man unbedingt vermeiden sollte. Weil sie überall um sich herum sehen, wie im Namen der Religion absurde Dinge getan werden, unglaubliche Dinge, die jeder Vernunft, jeder Grundlage entbehren, ziehen sie es vor, sich mit Menschen zu beschäftigen, die sich in bereits etablierte Muster oder Muster, die ihrer Meinung nach richtig sind, einfügen. Sie haben das bestimmt in der einen oder anderen Form schon beobachtet.

Doch der Intellekt ist nur ein Teil des Lebens. Er hat seine Berechtigung, aber überall auf der Welt messen die Menschen dem Intellekt eine außerordentlich große Bedeutung bei; die Fähigkeit zu vernunftgemäßem, logischem Denken und auf Logik und Vernunft basierendem Handeln wird sehr hoch eingeschätzt. Aber Menschen sind nicht bloß intellektuelle Wesen, sie sind viel komplexer.

Sie haben sicher beobachtet, daß der Mensch von jeher etwas finden wollte, das sowohl rational ist als auch einen tieferen Sinn hat, etwas, das nicht vom Intellekt erfunden wurde. Seit Urzeiten hat der Mensch danach gesucht. Organisierte Religion ist ein Geschäft, eine riesige Maschinerie, die dazu dient, den menschlichen Geist auf bestimmte Glaubenssätze, Dogmen und Rituale zu konditionieren. Es ist ein sehr profitables Geschäft, und wir akzeptieren es, weil unser Leben so leer ist. Weil es unserem Leben an Schönheit mangelt, verlangen wir nach romantischen, mystischen Legenden. Und wir verehren die Legenden, die Mythen; doch alles, was der Mensch sowohl auf der materiellen als auch auf der psychischen Ebene errichtet hat, hat absolut nichts mit der Wirklichkeit zu tun.

Wie ist ein Geist beschaffen, der frei von allen menschlichen Bestrebungen ist, der wirklich alles, was der Mensch auf seiner Suche nach Wahrheit erfand, fallen gelassen hat? Es ist unglaublich schwer, das in Worte zu fassen. Natürlich müssen wir Worte gebrauchen, aber Kommunikation findet nicht nur verbal, sondern auch ohne Worte statt. Das heißt, Sie und der Redner müssen gleichzeitig, auf der gleichen Ebene, mit der gleichen Intensität forschen. Dann ist zwischen Ihnen und dem Redner eine Kommunikation möglich. Wir versuchen nicht nur wortlos, sondern auch mit Worten über diese außerordentlich komplexe Frage zu kommunizieren, und dazu müssen wir in der Lage sein, klar und objektiv zu denken, aber auch über alles Denken hinauszugehen.

Meditation ist nicht für unreife Menschen. Unreife Menschen können damit herumspielen, so wie es jetzt Mode ist, können im Lotossitz sitzen, auf bestimmte Weise atmen, sich auf den Kopf stellen oder Drogen nehmen, um irgend etwas Ursprüngliches zu erfahren. Doch weder durch Drogen noch durch Fasten noch durch irgendein Meditationssystem können Sie jemals auf das Ewige, das Zeitlose stoßen. Es gibt keine Abkürzungen. Man muß hart arbeiten, man muß sich vollkommen bewußt werden, was man tut, was man denkt – man muß das völlig klar und unverzerrt sehen. Das erfordert eine große Reife, kein hohes Alter, sondern eine Reife des Geistes, der fähig sein muß zu beobachten, der in der Lage sein muß, das Falsche als das Falsche, das Wahre im Falschen und die Wahrheit als Wahrheit zu sehen. Das ist Reife, sowohl auf der politischen Bühne als auch in der Geschäftswelt oder in Ihren persönlichen Beziehungen.

Sie alle haben das Wort »Meditation« schon gehört, vielleicht haben Sie etwas darüber gelesen oder sind irgendeinem Guru gefolgt, der Ihnen gesagt hat, was Sie tun sollen. Ich wollte, Sie hätten dieses Wort nie zuvor gehört, denn dann wäre Ihr Geist in der Lage, ganz vorurteilsfrei zu forschen. Manche Leute waren in Indien, aber ich weiß wirklich nicht, warum sie dorthin fahren. Die Wahrheit ist nicht dort, das sind nur romantische Vorstellungen, aber Romantik hat nichts mit Wahrheit zu tun. *Die Wahrheit ist da, wo Sie sind.* Sie ist nicht in einem fernen Land, sondern genau da, wo Sie sind. Die Wahrheit ist das, was Sie tun, sie zeigt sich in Ihrem Verhalten. *Da* finden Sie die Wahrheit, nicht, indem Sie sich den Kopf rasieren oder all die anderen unsinnigen Dinge tun, die der Mensch auf seiner Suche nach der Wahrheit getan hat.

Warum sollten Sie meditieren? Dieses Wort bedeutet soviel wie nachdenken, überlegen, schauen, wahrnehmen, klar sehen. Um klar zu sehen, ohne jegliche Verzerrung beobachten zu können, müssen Sie sich Ihres Hintergrundes, Ihrer Konditionierung bewußt sein. Sie müssen sich ihrer nur bewußt sein, es geht nicht darum, sie zu verändern, zu transformieren oder frei von ihr zu sein. Man muß sie sich nur anschauen. Durch dieses Beobachten den gesamten Inhalt des Bewußtseins klar, ohne jegliche Verzerrung zu sehen, ist der Anfang und das Ende der Meditation. Der erste Schritt ist der letzte Schritt.

Warum sollte man meditieren, und was ist Meditation? Wenn Sie heute morgen aus dem Fenster geschaut und die außerordentliche Schönheit des Morgenlichtes gesehen hätten, die in der Ferne aufragenden Berge und das Licht auf dem Wasser, und wenn Sie all das ohne Worte beobachtet hätten, ohne zu sich selbst zu sagen: »Wie schön das ist«, wenn Sie nur beobachtet hätten und dabei total aufmerksam gewesen wären, dann wäre Ihr Geist völlig still gewesen. Andernfalls können Sie nicht beobachten, andernfalls können Sie nicht hören. Meditation ist also die geistige Qualität vollkommener Aufmerksamkeit und Stille. Nur dann können Sie eine Blume wirklich sehen – ihre Schönheit, ihre Farben, ihre Form –, und nur dann verschwindet die Distanz zwischen Ihnen und der Blume. Das heißt nicht, daß Sie sich mit der Blume identifizieren, aber der Zeitfaktor, der zwischen Ihnen und dem, was Sie anschauen, existiert, verschwindet, diese Distanz verschwindet. Sie können die Dinge nur durch nonverbales, unpersönliches, aber aufmerksames Beobachten ganz klar sehen, denn dann existiert kein Zentrum, kein »Ich«. Das ist Meditation.

Um festzustellen, ob Sie wirklich ohne Worte, ohne Verzerrung beobachten können, ohne daß das »Ich« mit seinen Erinnerungen dazwischenfunkt, müssen Sie sehr sorgfältig vorgehen. Denn das Denken darf die Beobachtung nicht stören. In einer Beziehung zu einem anderen Menschen bedeutet das, den anderen ohne inneres Bild zu sehen, ohne das Bild, das Sie sich von ihm gemacht haben. Ich weiß nicht, ob Sie das schon einmal versucht haben. Das Bild ist das »Du«, jenes »Du«, das sich aus verschiedenen Eindrücken über und Reaktionen auf den anderen zusammengefügt hat. Daraus entsteht dieses innere Bild, das Sie von der anderen Person trennt. Und diese Trennung bringt Konflikte mit sich. Doch wenn kein inneres Bild existiert, können Sie den anderen vollkommen aufmerksam wahrnehmen, und diese totale Aufmerksamkeit geht mit Liebe und Mitgefühl einher, so daß kein Konflikt besteht. Das ist Beobachten ohne Beobachter. Auf die gleiche Weise kann man eine Blume beobachten oder alles andere, was einen umgibt. So kann man ohne Trennung beobachten, denn Trennung erzeugt Konflikte, und diese Trennung existiert so lange, wie das Denken im Vordergrund steht. Und für die meisten von uns steht das Denken, stehen die Gedankenprozesse im Vordergrund.

Also erhebt sich die Frage: Kann man das Denken kontrollieren? Muß man das Denken kontrollieren, damit es die Beobachtung nicht stört, sondern nur da in Aktion tritt, wo es gebraucht wird? Kontrolle beinhaltet Unterdrückung, Zielgerichtetheit, Anpassung an ein Muster, Nachahmung, Konformität. Sie sind von Kindesbeinen an darauf trainiert worden, sich zu kontrollieren, und darauf reagieren die Menschen heutzutage, indem sie sagen: »Ich werde überhaupt nichts kontrollieren; ich tue, was ich will.«

Aber wir sprechen hier nicht davon zu tun, was einem beliebt, das ist absurd. Doch dieses ganze Kontrollsystem ist ebenfalls absurd. Kontrolle scheint nur da notwendig zu sein, wo ein Mangel an Verstehen herrscht. Wenn Sie etwas ganz klar sehen, brauchen Sie nichts zu kontrollieren. Wenn ich ganz klar sehe, wie das Denken stört, wie es sich trennend auswirkt, wenn ich sehe, daß es immer im Bereich des Bekannten operiert, dann schließt diese Beobachtung jegliche Gedankenkontrolle aus.

Das Wort »Disziplin« bedeutet lernen, aber das hat nichts mit mechanischer Anpassung zu tun, wie die meisten Menschen heute glauben. Wir sprechen von einem Geist, der frei von jeglicher Kontrolle und daher fähig ist zu lernen. Wo Lernen stattfindet, ist jegliche Kontrolle überflüssig. Das heißt, indem Sie lernen, handeln Sie. Ein Geist, der das

Wesen der Meditation erforscht, muß immer lernen, und dieses Lernen bringt seine eigene Ordnung mit sich. Ordnung ist absolut notwendig. Ordnung ist Tugend. Ordnung im eigenen Verhalten bedeutet rechtes Handeln. Aber mit Ordnung ist hier nicht die von der Gesellschaft, vom Kulturkreis, von der Umwelt aufgezwungene Ordnung gemeint, die durch Druck oder Gehorsam aufrechterhalten wird. Ordnung ist kein vorgegebenes Schema; sie ergibt sich, wenn man versteht, was Unordnung ist, und zwar nicht nur in der Außenwelt, sondern auch im eigenen Innern. Durch das Verneinen von Unordnung entsteht Ordnung. Deshalb müssen wir uns die Unordnung in unserem Leben anschauen, die inneren Widersprüche, die widerstreitenden Wünsche, die Widersprüche im Reden und Handeln. Indem wir die Unordnung verstehen, indem wir sie uns aufmerksam anschauen, sie ohne Motiv wahrnehmen, entsteht ganz mühelos eine natürliche Ordnung. Und eine solche Ordnung ist notwendig.

Meditation ist ein Prozeß, der zu Klarheit und Konfliktfreiheit in Beziehungen führt. Meditation ist das Verstehen von Angst und Lust. Meditation ist das, was wir Liebe nennen, und die Freiheit vom Tod, die Freiheit, vollkommen allein zu stehen. Das ist eines der großartigsten Dinge im Leben, denn wenn Sie nicht innerlich, psychisch allein stehen können, sind Sie nicht frei. Dieses Alleinsein hat nichts mit Isolation zu tun, es geht nicht mit einem Rückzug von der Welt einher. Es ergibt sich, wenn Sie nicht nur verbal, sondern durch Ihre ganze Lebensweise all die Dinge völlig loslassen, die der Mensch sich in seiner Angst, seiner Vergnügungssucht, auf seiner Suche nach etwas, das ihn über seine Alltagsroutine hinausführt, ausgedacht hat.

Wenn Sie so weit gegangen sind, werden Sie sehen, daß nur ein Geist, der keine Illusionen hat, der niemandem folgt und daher frei von allen Autoritäten ist, diese Tür öffnen kann. Nur ein solcher Geist kann sehen, ob es etwas Ewiges gibt oder nicht.

Es ist wichtig zu verstehen, was Zeit ist. Ich meine nicht die chronologische Zeit, das ist recht einfach und klar, sondern die psychische, innere Zeit, die psychische Projektion in die Zukunft – »Ich werde jemand sein« oder »Ich werde dies und jenes erreichen«; »Ich werde erfolgreich sein«. Ist die ganze Vorstellung von Fortschritt, von einer Zeitspanne, die uns von hier nach dort führt, eine Erfindung des Denkens? Natürlich ist es ein Fortschritt, daß wir nicht mehr auf den Ochsenkarren angewiesen sind, sondern per Flugzeug reisen können, aber gibt es einen inneren, psychischen Fortschritt, durch den das »Ich« besser, edler, weiser wird? Kann dieses »Ich«, das die Vergangenheit repräsentiert, das so viele Dinge angesammelt hat – all die Beleidigungen, Schmeicheleien, den Schmerz, das Wissen, das Leiden –, kann dieses »Ich« sich zu einem besseren Zustand hin entwickeln? Um sich vom jetzigen Zustand zum Besseren hin zu entwickeln, ist Zeit erforderlich. Man braucht Zeit, um »etwas« zu werden. *Aber ist es überhaupt möglich, jemand zu werden? Werden* Sie etwas Besseres – besser im Sinne eines besseren Ich, eines edleren Ich, das weniger in Konflikte verstrickt ist? Das »Ich« ist jene Instanz, die zwischen sich selbst und dem »Nicht-Ich« trennt, »wir« grenzen uns von »ihnen« ab, das »Ich« als Amerikaner grenzt sich von jenem anderen »Ich« ab, das der Hindu oder der Russe ist. Kann das »Ich« also überhaupt besser werden? Oder muß es vollkommen verschwinden, muß das

Denken in Kategorien von »besser« oder »mehr« vollkommen verschwinden? Wenn Sie das »Mehr«, das »Besserwerden« akzeptieren, verleugnen Sie das Gute.

Meditation ist die totale Verneinung des »Ich«, und das bedeutet, daß der Geist völlig frei von Konflikten ist. Ein konfliktfreier Geist kennt nicht nur jenen friedlichen Zustand zwischen zwei Konflikten, er ist *total frei* von Konflikten. Und das ist Teil der Meditation.

Wenn Sie verstanden haben, was psychische Zeit ist, dann haben Sie Raum in Ihrem Geist. Haben Sie schon einmal bemerkt, wie wenig Raum wir haben – sowohl äußerlich als auch innerlich? Wir leben in riesigen Städten, in winzigen Appartements, in beengten Verhältnissen, und wir werden gewalttätig, weil wir auf der physischen Ebene Raum brauchen. Aber haben Sie auch bemerkt, wie wenig Raum wir innerlich, psychisch haben? Unser Geist ist vollgestopft mit Vorstellungen, mit all den Dingen, die wir gelernt haben, mit verschiedenen Konditionierungen und Einflüssen, mit einer Menge Propaganda. Wir sind vollgestopft mit all den Dingen, über die der Mensch je nachgedacht hat, die er erfunden hat, mit unseren eigenen Wünschen, Bestrebungen und Ängsten, und deshalb haben wir innerlich sehr wenig Raum. Meditation ist die Verneinung all dessen – vorausgesetzt, Sie gehen sehr tief –, und in diesem Zustand der Achtsamkeit existiert grenzenloser Raum. Dann ist der Geist still.

Vielleicht haben Sie von anderen gehört, daß Sie nach einem bestimmten System meditieren müssen, daß Sie eine Methode praktizieren müssen, damit der Geist still wird, und daß Sie in die Stille kommen müssen, um erleuchtet zu werden. Das wird als Meditation *bezeichnet,* aber diese Art von Meditation ist völliger Unsinn, denn wenn Sie eine Methode praktizieren, dann muß da zwangsläufig die praktizierende Instanz sein, und die wird immer mechanischer, eingeschränkter, unsensibler, abgestumpfter. Warum sollten Sie überhaupt eine Methode praktizieren? Warum sollten Sie irgend jemandem erlauben, sich zwischen Sie und Ihr Forschen zu stellen? Wieso sollte der Priester oder der Guru oder ein Buch zwischen Ihnen und dem stehen, was Sie herausfinden wollen? Ist es aus Angst? Brauchen Sie jemanden, der Ihnen Mut macht? Wollen Sie sich an jemanden anlehnen können, wenn Sie unsicher sind? Aber wenn Sie unsicher sind und sich an jemanden anlehnen, um Sicherheit zu bekommen, können Sie ziemlich sicher sein, daß Sie jemanden wählen werden, der genauso unsicher ist wie Sie. Und deshalb wird die Person, an die Sie sich anlehnen, behaupten, daß sie ganz sicher ist. Sie sagt: »Ich weiß es, ich bin angekommen; ich kenne den Weg, folge mir.« Hüten Sie sich also vor Menschen, die behaupten, den Weg zu kennen.

Erleuchtung findet man nicht an einem bestimmten Ort. Es gibt keinen solchen Ort. *Man muß nur das Chaos verstehen, die Unordnung verstehen, in der wir leben.* In diesem Verstehen ist Ordnung, und daraus entsteht Sicherheit. Aber diese Sicherheit ist keine Erfindung des Denkens, diese Sicherheit ist Intelligenz. Und wenn Sie all das haben, wenn der Geist all das ganz klar sieht, dann öffnet sich die Tür. Doch was jenseits dieser Tür liegt, ist nicht mit Worten auszudrücken. Man kann es nicht beschreiben, und jeder, der es beschreibt, hat es nie wirklich gesehen. Man kann es nicht in Worte fassen, denn das Wort ist nicht das Eigentliche, die Beschreibung ist nicht das Beschriebene.

Alles, was man tun kann, ist, völlig achtsam in seinen Beziehungen zu sein, zu sehen, daß man nicht total aufmerksam sein kann, wenn ein inneres Bild existiert. Und man muß das Wesen von Vergnügen und Angst verstehen und sehen, daß Vergnügen nicht Liebe ist, daß Verlangen nicht Liebe ist. Aber all das müssen Sie für sich selbst herausfinden; niemand kann es Ihnen sagen.

Jede Religion sagt: »Du sollst nicht töten.« Für Sie sind das nur Worte, aber wenn es Ihnen Ernst damit ist, müssen Sie für sich selbst herausfinden, was das bedeutet. Was in der Vergangenheit gesagt wurde, ist vielleicht wahr, aber diese Wahrheit ist nicht Ihre Wahrheit. Sie müssen es selbst herausfinden, Sie müssen lernen, was es bedeutet, niemals zu töten. Dann ist es Ihre Wahrheit und somit eine lebendige Wahrheit.

Und so müssen Sie – nicht durch einen anderen Menschen, nicht durch das Praktizieren einer von anderen erfundenen Methode, nicht durch das Akzeptieren eines Gurus, eines Lehrers, eines Erlösers – in Ihrer Freiheit herausfinden, was wahr und was unwahr ist; Sie müssen für sich selbst entdecken, wie Sie ein Leben führen können, das völlig frei von Konflikten ist.

All das ist Meditation.

# Das Ende der Suche

Gibt es etwas, das nicht vom Denken erschaffen wurde? Das heißt, gibt es etwas jenseits der Zeit? Wir sind an die Vorstellung von physischem Wachstum gewöhnt. Man braucht Zeit, um zu lernen, um Dinge zu verstehen, also sind wir an die Vorstellung gewöhnt, daß Veränderungen Zeit brauchen.

Natürlich gibt es auf der physischen Ebene Zeit; man braucht beispielsweise Zeit, um eine Distanz zwischen zwei Punkten zu überwinden. Aber wir haben diese Vorstellung, diese Schlußfolgerung auch auf die psychische Ebene übertragen: »Ich kenne mich nicht, also brauche ich Zeit, um herauszufinden, wer ich bin.« Psychische, innere Zeit ist aus dem Denken hervorgegangen. Brauchen Sie wirklich Zeit, um frei von Gier zu sein? Ich benutze das nur als Beispiel. Brauchen Sie wirklich mehrere Tage, um frei von Eifersucht, Anspannung, Gier oder Neid zu sein? Sie sind daran gewöhnt zu denken, daß das so ist. Wenn ich sage: »Ich *werde* es überwinden«, steht dieses »werde« für die Zeit. Es ist unsere Gewohnheit, unsere Tradition, unsere Lebensweise zu sagen: »Ich *will* meine Wut, meine Eifersucht, mein Minderwertigkeitsgefühl überwinden.« Unser Geist hat sich also an die Vorstellung von psychischer Zeit gewöhnt – an die Vorstellung von einem Morgen oder von vielen Morgen. Jetzt stellen wir das in Frage. Wir behaupten, daß das nicht notwendig ist. Es ist keine Zeit notwendig, um frei von Gier zu sein. Das heißt, wenn Sie frei von Zeit sind und wenn Sie gierig sind, dann gibt es keine Zukunft, dann handeln Sie unmittelbar. Der Verstand hat die psychische Zeit erfunden, um bestimmten Dingen ausweichen zu können, um Dinge aufschieben zu können, um in dem verweilen zu können, was er schon kennt. Das Denken hat die innere Zeit aus Trägheit erfunden.

Können Sie innerlich psychisch frei von der Vorstellung sein, daß es ein Morgen gibt? Bitte schauen Sie sich das genau an. Betrachten Sie sich, Ihre Angst oder Ihr sexuelles Verhalten oder was auch immer. Wenn Sie glauben, daß Sie durch eine bestimmte Aktivität erreichen werden, was immer Sie erreichen wollen, dann ist dieses Erreichen eine Bewegung in der Zeit. Können Sie diese Wahrheit sehen, und können Sie sehen, daß allein diese Wahrnehmung die Zeit auflöst? Tun Sie das, während wir sprechen? Oder ist es für Sie nur eine Vorstellung?

Wenn der Geist untersucht hat, was Zeit ist, und wenn er herausgefunden hat, daß die Vorstellung, das Morgen sei ein Mittel zum Zweck, illusorisch ist, dann ist da nur noch reines Wahrnehmen und Handeln – ohne Zeitspanne. Wenn man beispielsweise die Gefahr sieht, die der Nationalismus mit sich bringt – die Kriegsgefahr und so weiter –, dann beendet dieses Gewahrsein das Gefühl, an eine bestimmte Gruppe gebunden zu sein. Tun Sie das? Im britischen Fernsehen hören Sie Abend für Abend: »Der britische . . ., das britische . . ., die britische . . .« und im französischen Fernsehen hören Sie: »Das französische . . ., die französische . . ., der französische . . .«

Wenn Sie klar sehen, daß diese Abgrenzung zu Katastrophen führt und daß es ein Irrtum ist anzunehmen, man brauche Zeit, um von der von Kindheit an aufgezwungenen Konditionierung als Brite frei zu werden, dann löst sich der Konflikt in diesem Gewahrsein auf. Aber um das sehen zu können, muß man wirklich ernsthaft sein, man braucht einen Geist, der sagt: »Ich will das herausfinden.«

Meditation ist das Ende der Zeit. Das haben wir gerade getan; wir haben meditiert. Wir haben meditiert, um das Wesen der Zeit zu erforschen. Auf der materiellen Ebene braucht man natürlich Zeit, um von hier nach dort zu gelangen, aber auf der psychischen Ebene existiert keine Zeit. Das ist eine ungeheuerliche Wahrheit, eine ungeheuer wichtige Tatsache, und wenn man sie entdeckt, hat man sich von allen Traditionen freigemacht. Die Tradition verlangt von uns, daß wir uns Zeit nehmen, daß wir warten, und macht uns glauben, daß wir irgendwann schließlich zu Gott gelangen werden, wenn wir dies oder jenes tun. Es geht hier auch um das Ende der Hoffnung. Hoffnung weist in die Zukunft. Hoffnung ist Zeit. Wenn jemand deprimiert oder ängstlich ist oder ein Minderwertigkeitsgefühl hat, hofft er, anders zu werden; er hofft, irgendwann frei von diesen Zuständen zu sein. Wenn Sie sehen, daß es auf der psychischen Ebene keine Zukunft gibt, setzen Sie sich mit Fakten und nicht mit Hoffnungen auseinander.

Was wir bei unserer Erforschung des Wesens der Zeit getan haben, ist der Beginn von Meditation. Es ist Teil der Meditation.

Um herausfinden zu können, ob es etwas jenseits der Zeit gibt, dürfen wir keinerlei Probleme mit uns herumschleppen. Wir sind mit Problemen beladen: persönlichen Problemen, kollektiven Problemen, internationalen Problemen.

Warum haben wir Probleme? Bitte fragen Sie sich, warum Sie Probleme haben: sexuelle Probleme, eingebildete Probleme, Probleme mit Arbeitslosigkeit, mit Minderwertigkeitsgefühlen. Wir sagen: »Ich will in den Himmel kommen, aber ich kann nicht.« Ist es möglich, ein Leben ohne ein einziges Problem zu führen? Das bedeutet, daß man sich mit jeder auftretenden Schwierigkeit sofort auseinandersetzt und sie nicht mit sich herumschleppt. Dieses Herumschleppen von Schwierigkeiten bringt den Zeitfaktor ins Spiel, und dadurch entsteht das Problem.

Was ist ein Problem? Ein Problem ist etwas, das Sie nicht verstanden, nicht gelöst, nicht abgeschlossen haben; Sie machen sich Sorgen darüber, Sie können es nicht verstehen und schlagen sich Tag für Tag damit herum. Das ist ein Prozeß, der zu geistiger Verkrüppelung führt. Aber wenn es keine Zeit gibt, gibt es auch kein Problem. Können Sie das wirklich in Ihrem Herzen sehen – nicht in Ihrem Kopf, sondern in Ihrem Herzen? Können Sie sehen, daß der Mann oder die Frau, der bzw. die Probleme hat, in der Zeit gefangen ist, und daß der Geist, wenn er frei von Zeit ist, ein Problem unmittelbar bei seinem Auftreten sofort auflöst? In dem Augenblick, in dem Sie die Vorstellung von Zeit hineinbringen und sagen: »Ich brauche Zeit, um die Sache zu lösen«, entfernen Sie sich von den Tatsachen, *und das ist das Problem.* Wenn wir das erforschen wollen, darf kein einziges Problem existieren. Der Geist muß frei sein, um schauen zu können.

119

Um etwas erforschen zu können, das jenseits der Zeit existiert, muß ein ganzheitliches Gefühl von Verbundenheit da sein, das nur entstehen kann, wenn Liebe da ist. Liebe ist nicht Lust oder Vergnügen. Das ist klar. Liebe ist nicht Verlangen. Liebe ist nicht die Erfüllung der eigenen sinnlichen Bedürfnisse. Wenn diese Qualität der Liebe nicht da ist, können Sie machen, was Sie wollen – sich auf den Kopf stellen, eine Mönchskutte anziehen und den Rest Ihres Lebens im Meditationssitz verbringen –, dann ist gar nichts da. Um etwas jenseits der Zeit zu finden, muß Harmonie in unseren Beziehungen herrschen, es muß diese Qualität des Mitgefühls und der Zuneigung da sein, diese Liebe, die nicht das Resultat des Denkens ist. Das muß so sein, damit keine Probleme existieren.

In der Meditation, die zu einem absolut stillen Geist führen soll, ist jegliches Bemühen sinnlos. Sich beim Meditieren anzustrengen oder zu bemühen bedeutet Kampf, es bedeutet, nach etwas zu streben, das man in die Zukunft projiziert hat. Ist also ein Beobachten ohne Anstrengung, ohne Kontrolle möglich? Ich verwende das Wort »Kontrolle« sehr zögernd, weil wir in einer zügellosen Gesellschaft leben. Man tut, was einem beliebt, und je idiotischer es ist, desto besser: Drogen, Sex, verrückte Kleidung. Der Redner gebraucht das Wort »Kontrolle« in dem Sinne, daß beim reinen Beobachten nichts kontrolliert werden muß. Machen Sie sich aber nichts vor, indem Sie sich sagen: »Ich praktiziere reines Beobachten, also brauche ich keine Kontrolle, also kann ich völlig zügellos leben.« Das ist blanker Unsinn. Wenn ein Geist »unter Kontrolle« ist, dann wird diese Kontrolle vom Denken ausgeübt. Das Denken ist begrenzt, und aus dieser Beschränkung heraus will es etwas

Bestimmtes, also sagt es: »Ich muß die Dinge kontrollieren.« Ein solcher Geist ist zum Sklaven einer Idee, einer Vorstellung, einer Schlußfolgerung geworden; er sieht nicht die Wirklichkeit – wie jemand, der sehr stark an eine Religion glaubt und deshalb unfähig ist, frei zu denken.

Ein in Konflikte verstrickter, problembeladener Geist, der seine Beziehungen nicht geklärt und daher keine Liebe hat, ist unfähig, über das ihm Bekannte hinauszugehen. Er kann nur innerhalb seines eigenen Rahmens zu dem gelangen, was seiner *Vermutung* nach jenseits des Bekannten liegt. Vielleicht macht er sich vor, daß er über das Bekannte hinausgelangt, aber er tut es nicht wirklich. Wenn wir ernsthaft forschen und bis zu dem Punkt gekommen sind, wo wir alle Dinge, in die der Mensch sich je verstrickt hat, verwerfen, dann dehnt sich im Geist, in allen Sinnen, im Gehirn ein unglaubliches Gefühl der Liebe aus, und diese Liebe geht mit Intelligenz einher.

Dann können wir weitergehen.

Ein stiller Geist ist nicht nur physisch still. Stille hat nicht unbedingt etwas mit einer bestimmten Sitzhaltung zu tun. Man kann sich auch hinlegen, man kann alles mögliche tun, aber der Körper muß ganz entspannt sein. Sie dürfen ihn nicht kontrollieren, denn wenn Sie ihm etwas aufzwingen, entsteht ein Konflikt. Der Geist kann beobachten, da er frei und daher absolut still ist. Aber nicht »ich« beobachte – da ist nur reines Beobachten, ohne das »Ich«. Wenn das »Ich« beobachtet, kommt die Dualität, die Trennung ins Spiel. Das »Ich«, das »Du« setzt sich aus vielen Dingen zusammen: aus vergangenen Erinnerungen, vergangenen Erfahrungen, vergangenen Problemen, gegenwärtigen Problemen, Ängsten. Wenn wir so weit gegangen sind, dann ist das »Ich« jetzt abwesend. Nicht das »Ich« beobachtet, es gibt nur noch reines Beobachten.

Was geschieht dann? Das ist nun wirkliche Meditation: das Erforschen des Selbst, das Selbstgewahrsein, das bewußte Wahrnehmen der eigenen Probleme, Wünsche, Spannungen, Konflikte, Sorgen und Schmerzen. Dieses Gewahrsein ist nur dann möglich, wenn Sie Ihre Reaktionen innerhalb von Beziehungen beobachten. Sie können sich nicht selbst beobachten, wenn Sie sich zurückziehen und sich allein unter einen Baum setzen; dann sehen Sie nur einen bestimmten Teil von sich, denn nur innerhalb von Beziehungen werden alle Ihre Reaktionen ausgelöst. Der Geist ist nun in einem Zustand, in dem es keine Probleme, kein Bemühen, keine Kontrolle und daher keinen Willen gibt, denn der Wille ist die Essenz des Verlangens. »Ich will«, »ich wünsche«, »ich muß« ist immer Ausdruck des Verlangens nach etwas, das sich innerhalb der Grenzen der Zeit abspielt. Um etwas zu erreichen, muß ich meinen Willen einsetzen. Jetzt ist der Geist frei von all diesen Dingen.

Was finden Sie also vor, wenn Sie so weit gegangen sind? Der Mensch hat von jeher nach etwas Heiligem gesucht, nach etwas Unvergänglichem, Zeitlosem, nach etwas, das nicht korrumpierbar ist. Er sagt: »Ich habe mein Leben ganz und gar verstanden – was nun? Was gibt es darüber hinaus?« Alles Suchen muß ebenfalls ein Ende haben, denn wenn Sie Gott oder die Wahrheit oder was auch immer suchen, geht es Ihnen vielleicht nur um Ihr persönliches Vergnügen, Ihr sexuelles Verlangen, um die Beendigung bestimmter Probleme. Suchen bedeutet, daß Sie das Gesuchte, wenn Sie es gefunden haben, erkennen müssen, und daß es Sie zufriedenstellen muß, sonst werden Sie es ablehnen. Es muß all Ihre Probleme lösen – aber das wird es nicht, denn Sie haben die Probleme selbst erschaffen. Demnach ist ein Mensch, der sagt: »Ich suche«, in Wirklichkeit ziemlich unausgeglichen, denn er macht sich etwas vor. Wenn all das ein Ende hat, dann ist der Geist in der reinen Beobachtung absolut still. Alles, was darüber hinausgeht, ist nur eine Beschreibung, nur der Versuch, etwas mit Worten zu vermitteln, das nicht vermittelt werden kann.

Man kann also nur auf das Beschreiben verzichten und vielleicht jemandem begegnen, der die gleiche Fähigkeit, die gleiche Intensität besitzt. Was ist also Liebe? Liebe ist, einem anderen Menschen mit der gleichen Intensität, auf der gleichen Ebene, zur gleichen Zeit zu begegnen. Nicht wahr? Das ist Liebe. Ich spreche nicht von der körperlichen Liebe. Ich spreche von der Liebe, die weder Verlangen noch Vergnügen ist. Jemandem zu begegnen, der die gleiche Intensität, das gleiche Verständnis von Zeit, die gleiche Leidenschaft mitbringt – das ist Liebe.

Wenn diese Liebe da ist und Ihr Geist diese Qualität der Stille hat, findet eine Kommunikation ohne Worte statt. Diese Kommunikation ist in Wirklichkeit eine Kommunion, bei der man etwas miteinander teilt, das nicht in Worte gefaßt werden kann. In dem Augenblick, in dem Sie es in Worte fassen, ist es schon wieder entschwunden, denn das Wort ist nicht das Eigentliche.

Wo stehen wir also? Wo stehen Sie in bezug auf all das, was Sie hier gehört haben, was Sie gelernt und selbst herausgefunden haben? Sind es für Sie nur Worte, die Sie mit sich herumtragen können? Oder hat da eine tiefe, grundlegende Veränderung stattgefunden, so daß Sie frei von all Ihren Problemen und Ängsten sind und diesen unvergänglichen Duft wahrnehmen, der Liebe ist?

Daraus entspringt intelligentes Handeln.

# Reines Beobachten

Hören wir einander überhaupt zu? Sie reden meistens mit sich selbst, und dann kommt jemand vorbei und will Ihnen etwas sagen, aber Sie haben keine Zeit, keine Lust oder nicht die Absicht zuzuhören. Da ist kein Raum für den anderen, sondern nur Taubheit; wir hören einander nie wirklich zu. Man hört nicht nur mit dem Ohr, sondern horcht auch auf die Bedeutung des Wortes und seinen Klang. Der *Klang* ist sehr wichtig; wo Klang ist, ist Raum, andernfalls kann es keinen Klang geben. Nur wo Raum ist, kann auch Klang sein. Bei der Kunst des Hörens geht es also, wenn ich Sie darauf hinweisen darf, nicht nur um das Hören mit dem Ohr, sondern auch darum, den Klang des Wortes zu erfassen. Das Wort hat einen Klang, und damit man diesen Klang hören kann, muß Raum da sein. Aber wenn Sie beim Zuhören das Gesagte ständig gemäß Ihrer eigenen Vorurteile, Vorlieben und Abneigungen interpretieren, dann hören Sie eigentlich überhaupt nicht zu.

Können Sie so zuhören, daß Sie nicht nur aufnehmen, was der Redner sagt, sondern auch Ihre eigenen Reaktionen auf das Gesagte wahrnehmen, und können Sie dabei darauf verzichten, Ihre Reaktionen zu korrigieren, sie dem Gesagten anzupassen?

Dann findet folgender Prozeß statt: Der Redner sagt etwas, Sie hören es, hören gleichzeitig Ihre Reaktionen auf das Gesagte und geben dem Klang Ihrer eigenen Reaktionen sowie dem Gesagten Raum. Das erfordert ungeheure Aufmerksamkeit; man kann nicht einfach in Trance gehen und wegdriften. Wenn Sie wirklich *zuhören,* dann geschieht dabei ein Wunder. Das Wunder besteht darin, daß Sie ganz bei dem sind, was gesagt wird, und gleichzeitig Ihren eigenen Reaktionen lauschen. Es ist ein simultan ablaufender Prozeß. Sie hören dem Gesagten zu sowie Ihrer Reaktion, die unmittelbar darauf folgt, Sie hören den ganzen Klang, und das bedeutet, daß Sie Raum haben. Sie widmen dem Zuhören also Ihre ganze Aufmerksamkeit. Das ist eine Kunst, die man an keiner Universität lernt, die man sich nicht durch akademische Studien aneignen kann, sondern nur, indem man allem zuhört – der Strömung eines Flusses, den Vögeln, einem Flugzeug, Ihrer Frau oder Ihrem Mann (und das ist noch viel schwieriger, weil Sie sich aneinander gewöhnt haben). Sie wissen fast jedesmal, was sie sagen wird, und sie weiß genau, was Sie sagen werden – nach zehn Tagen, nach zehn Jahren –, und so haben Sie vollkommen aufgehört zuzuhören.

Können Sie die Kunst des Zuhörens erlernen – nicht morgen, sondern jetzt, während Sie hier sitzen? Das heißt, können Sie Ihren eigenen Reaktionen lauschen, sich ihrer bewußt sein, können Sie Ihrem eigenen Rhythmus Raum geben und gleichzeitig dem von außen kommenden aufmerksam lauschen? Es ist ein umfassender Prozeß, eine ganzheitliche Bewegung des Hörens. Diese Kunst erfordert Ihre ganze Aufmerksamkeit; denn wenn Sie ganz aufmerksam sind, gibt es keinen Zuhörer, sondern nur das Sehen der Tatsachen – ihrer Wahrheit oder Unwahrheit. Wenn Sie wirklich die Beschaffenheit eines religiösen, meditativen Geistes erforschen wollen, dann müssen Sie *allem* sehr, sehr aufmerksam zuhören. Es ist wie das Strömen eines mächtigen Flusses.

Gehört Religion in den Bereich des Denkens, oder geht sie über das Denken hinaus? Das Denken, das immer auf Erfahrungen, Wissen und Erinnerung basiert, ist sehr begrenzt. Zu erforschen, was jenseits des Denkens existiert, ohne dazu das Denken einzusetzen – das ist die Schwierigkeit. Ich sehe, daß das Denken in jeder Hinsicht sehr begrenzt ist, sei es im technologischen oder im psychischen Bereich. Das Denken mit all seinen Aktivitäten ist begrenzt, und deshalb müssen zwangsläufig Konflikte entstehen. Das ist klar. Aber wenn das klar ist, erhebt sich die Frage, mit welchem Instrument man das, was jenseits des Denkens existiert, erforschen kann. Ist das überhaupt möglich? Das Denken kann seine eigenen Aktivitäten untersuchen, seine eigenen Begrenzungen, seine Art und Weise, Dinge zusammenzufügen, etwas zu zerstören und etwas anderes zu erschaffen. Das Denken kann in seinem eigenen Chaos eine bestimmte Ordnung schaffen, aber diese Ordnung ist begrenzt. Deshalb kann es keine höhere Ordnung sein. Ordnung bezieht die gesamte Existenz ein.

Vielleicht ist es falsch, »zu forschen«, »zu untersuchen«, denn man kann nichts untersuchen, was jenseits des Denkens existiert. Um herausfinden zu können, ob es möglich ist, etwas ohne Gedankenaktivität zu beobachten – den Baum zu sehen, dem Fluß zu lauschen, ohne daß das Wort störend dazwischenfunkt, die Dinge einfach zu beobachten, ohne daß irgendwelche vergangenen Erinnerungen die Beobachtung stören –, muß man völlig frei von der Vergangenheit in Form des Beobachters sein.

Können Sie ohne das Wort beobachten? Ohne all die Erinnerungen und Assoziationen, mit denen das Wort befrachtet ist? Können Sie Ihre Frau anschauen – oder Ihre Freundin oder Ihren Mann – ohne das Wort »Frau«, ohne all die damit verbundenen Erinnerungen? Sehen Sie, wie bedeutsam das ist: daß Sie sie oder ihn oder den Fluß anschauen, als wäre es das erste Mal. Wenn Sie morgens aufwachen und aus Ihrem Fenster schauen und Berge und Täler, Bäume und grüne Felder sehen, dann ist das ein erstaunlicher Anblick, wenn sie all das anschauen, als wären Sie ein neugeborenes Kind. Das heißt, Sie betrachten es ohne Vorurteile und Schlußfolgerungen. Dazu sind Sie aber nicht in der Lage, wenn Sie nur halb wach sind. Wenn Sie verstehen, was es bedeutet, fällt es Ihnen ganz leicht. Wenn ich meine Frau durch die Brille aller Erinnerungen an Verletzungen und andere Situationen betrachte, dann schaue ich niemals *sie* an. Ich schaue sie immer durch die Bilder der Vergangenheit hindurch an. Können Sie Ihre Freundin oder Ihre Frau oder Ihren Mann anschauen, als sähen Sie sie oder ihn zum allerersten Mal – ohne alle inneren Bilder und Erinnerungen?

Es erfordert höchste Aufmerksamkeit, das Wesen eines Geistes zu erfassen, der religiös ist, der nicht vom Denken verunreinigt ist. Das bedeutet, daß Sie innerlich vollkommen frei sind, unabhängig von Gurus und Kirchen, von Ihren eigenen Vorstellungen und Ihren alten Traditionen – Sie können ganz frei beobachten. Wenn Sie so beobachten, was hat sich dann im Gehirn grundlegend geändert?

Bisher habe ich einen Baum, einen Fluß, den Himmel, die Schönheit einer Wolke, meine Frau, meine Kinder, meinen Mann, meine Tochter immer durch die Brille meiner Erinnerungen und inneren Bilder betrachtet. So bin ich konditioniert. Und dann kommen Sie daher und sagen mir, ich solle sie ohne das Wort, ohne das innere Bild, ohne all diese Erinnerungen anschauen. Und ich sage, daß ich dazu nicht imstande bin. Mein erster Gedanke ist, daß ich das nicht kann. *Was bedeutet, daß ich Ihnen nicht wirklich zuhöre.* Meine spontane Reaktion ist: »Ich kann das nicht.« Nun geben Sie acht, seien Sie sich bewußt, daß die Behauptung »Ich kann das nicht« eine Form von Widerstand ist, denn ich bin so an einen bestimmten Guru oder irgendeine religiöse Doktrin gebunden, daß ich Angst habe loszulassen. Ich muß also auf diese Reaktion achten und gleichzeitig hören, was Sie sagen – daß man völlig frei vom Wort, vom Inhalt des Wortes sein muß, um beobachten zu können –, und beides wahrnehmen. Seien Sie sich also dieser Bewegung bewußt – des Widerstandes und des Zuhörens, des Wunsches, zuzuhören, und der Tatsache, daß Sie nicht zuhören können, wenn Sie Widerstand leisten –, und entfernen Sie sich nicht davon. Sagen Sie nicht: »Ich muß es verstehen.« Beobachten Sie es einfach, damit Sie total aufmerksam sein können.

Reines Beobachten findet ohne die Aktivität des Selbst statt. Das Wort ist das Selbst. Das Wort, die Erinnerungen, die gespeicherten Verletzungen, die Ängste, Spannungen, Schmerzen, Sorgen und die ganze Mühe und Plage des Menschseins sind das Selbst, das mein Bewußtsein ausmacht. Und wenn Sie beobachten, ist all das verschwunden. Nichts von alldem fließt in die Beobachtung ein. Da ist kein »Ich«, welches beobachtet. In diesem Beobachten herrscht völlige Ordnung im täglichen Leben; es gibt keine Widersprüche. Widersprüchlichkeit ist Unordnung, und diese Widersprüchlichkeit mit ihrer Unordnung hat ihre eigene, sonderbare, begrenzte Ordnung.

Dann können wir fragen, was Meditation ist – nicht, wie man meditiert. Wenn Sie fragen »wie«, muß da jemand sein, der Ihnen sagt, was Sie tun sollen. Fragen Sie aber nicht nach dem »Wie«, sondern danach, was Meditation ist, sind Sie auf Ihr eigenes Potential, Ihre eigene Erfahrung zurückgeworfen, wie begrenzt sie auch sein mag; Sie müssen selbst denken. Meditation heißt nachsinnen, nachdenken, engagiert sein, sich hingeben, nicht sich *irgend etwas* hingeben, sondern die geistige Qualität der Hingabe besitzen. Ich hoffe, Sie hören zu, um das für sich selbst herauszufinden, denn niemand, *niemand* kann Sie lehren, was Meditation ist, auch nicht, wenn er einen langen Bart hat und ausgefallene Gewänder trägt. Finden Sie es selbst heraus, und stehen Sie zu dem, was Sie herausgefunden haben, machen Sie sich von niemandem abhängig.

Man muß die Bedeutung des Wortes »Meditation«, das im Grunde auf das Wort »messen« zurückgeht, sehr genau verstehen. Was heißt das? Von den alten Griechen bis in unsere Zeit basiert die gesamte technologische Entwicklung auf dem »Messen«.

Ohne zu messen kann man weder eine Brücke noch ein wunderbares, hundert Stockwerke hohes Gebäude errichten. Aber wir sind stets auch innerlich mit Messen beschäftigt: »Ich war dies, ich werde jenes sein; ich bin dies, ich war jenes; ich muß dies und jenes werden.« Das ist nicht nur Messen, sondern Vergleichen. Messen heißt vergleichen: Sie sind groß, ich bin klein; ich bin hellhäutig, Sie sind dunkelhäutig. Bitte verstehen Sie die Bedeutung von »messen« sowie die Bedeutung der Wörter »besser« und »mehr«, und gebrauchen Sie sie niemals auf der psychischen Ebene. Tun Sie das jetzt, während wir miteinander sprechen?

Wenn das Gehirn frei von allem Messen ist, sind die Gehirnzellen, die zum Messen benutzt wurden, die davon konditioniert wurden, plötzlich zu der Wahrheit erwacht, daß Messen auf der psychischen Ebene destruktiv ist. Daher haben die Gehirnzellen eine Mutation durchgemacht. Ihr Gehirn war daran gewöhnt, sich in eine bestimmte Richtung zu bewegen, und Sie glauben, dies sei der einzige Weg zum Ziel. Das Ziel haben Sie natürlich erfunden, Sie haben es sich ausgedacht. Wenn nun jemand daherkommt und Ihnen sagt, daß dieser Weg Sie nirgendwo hinführt, leisten Sie Widerstand und antworten: »Nein, Sie haben unrecht; alle Traditionen, alle großen Meister, alle großen Heiligen sagen, daß Sie unrecht haben.« Aber das zeigt nur, daß Sie nicht wirklich geforscht haben; Sie zitieren andere, das heißt, Sie leisten Widerstand. Also sagt der Mann zu Ihnen: »Geben Sie Ihren Widerstand auf, hören Sie, was ich sage; achten Sie auf Ihre Gedanken, Ihre Reaktionen, und hören Sie mir gleichzeitig zu.« Hören Sie also beides. Um beides hören zu können, müssen Sie aufmerksam sein, daß heißt, Sie müssen innerlich Raum haben.

Finden Sie also heraus, ob Sie leben können, ohne zu messen – und zwar nicht nur in besonderen Augenblicken der Meditation, sondern in Ihrem täglichen Leben. Ein Leben ohne Vergleichen und Messen ist Meditation. Meditation bedeutet ein tiefes Verstehen dieses Wortes, und dieses Verstehen, diese Einsicht beendet das Messen auf der psychischen Ebene. Tun wir das?

Was ist das Nächste in bezug auf Meditation? Wir haben verstanden, was Aufmerksamkeit ist, was ganzheitliches Zuhören ist, daß man Raum braucht, um zuhören zu können, und daß in diesem Raum Klang sein muß. Und wir fragen, ob es etwas Heiliges gibt. Wir sagen nicht, es gibt etwas oder es gibt nichts. Gibt es etwas, das nie vom Denken berührt wird? Nicht, daß ich zu etwas gelangt bin, das jenseits des Denkens liegt, das ist Unsinn. Aber existiert etwas jenseits des Denkens? Etwas, das nicht Materie ist? Das Denken ist ein materieller Prozeß, und deshalb ist alles vom Denken Erschaffene begrenzt und daher unvollständig, nicht ganzheitlich. Gibt es etwas, das völlig außerhalb der Dimension des Denkens existiert? Wir untersuchen das gemeinsam. Wir behaupten weder, daß es etwas gibt, noch, daß es nichts gibt. Wir forschen, sind aufmerksam, lauschen – was bedeutet, daß alle Aktivität des Denkens zum Stillstand gekommen ist, außer in der physischen Welt, in der wir bestimmte Dinge zu tun haben. Ich muß von hier nach dort gehen, ich muß einen Brief schreiben, ich muß ein Auto steuern, ich muß essen, ich muß kochen, ich muß Geschirr spülen. Für all diese Dinge muß ich das Denken einsetzen, wie routinemäßig, wie begrenzt es auch sein mag. Aber innerlich, das heißt psychisch, ist keine weitere Aktivität möglich, solange das Denken nicht absolut zum Stillstand gekommen ist. Das ist offensichtlich. Um irgend etwas jenseits des Denkens beobachten zu können, muß das Denken zum Stillstand kommen. Es ist kindisch, unreif, zu fragen: »Mit welcher Methode kann ich das Denken zum

Stillstand bringen; funktioniert es mit Konzentration, mit Kontrolle?« Wer ist der Kontrollierende?

Um das untersuchen zu können, um tiefere Einsichten zu gewinnen, um sehen zu können, ob es etwas jenseits des Denkens gibt, etwas, das nicht vom Denken erschaffen wurde, muß das Denken vollkommen zum Stillstand kommen. Die Notwendigkeit, es herauszufinden, beendet das Denken. Wenn ich einen Berg besteigen will, muß ich trainieren, ich muß Tag für Tag hart arbeiten, muß immer weiter klettern. Ich muß meine ganze Energie hineinstecken. Und so erzeugt die Notwendigkeit, herauszufinden, ob es etwas jenseits des Denkens gibt, die Energie, die dann das Denken beendet. So einfach ist das. Machen Sie es nicht kompliziert. Wenn ich schwimmen will, muß ich es lernen. Die Absicht, zu schwimmen, ist stärker als die Angst davor.

Das ist wichtig, denn das Denken, das ja begrenzt ist, hat seinen eigenen Raum, seine eigene Ordnung. Wenn die Aktivität des begrenzten Denkens aufhört, ist Raum da – nicht nur Raum im Gehirn, sondern einfach *Raum*. Ich spreche nicht von dem Raum, den das Selbst um sich herum erschafft, sondern von jenem Raum, der keine Grenzen hat. Denken *ist* Begrenzung, und all seine Aktivitäten werden immer begrenzt sein, weil es von vornherein konditioniert ist. Wenn das Denken selbst seine Begrenztheit entdeckt und sieht, daß diese Begrenztheit ein Chaos in der Welt anrichtet, dann läßt diese Beobachtung das Denken zum Stillstand kommen, damit etwas Neues entdeckt werden kann. Dann haben wir Raum und Stille.

Das heißt, Meditation ist das Verstehen und das Ende des »Messens« auf der psychischen Ebene. Sie ist das Ende des »Werdens« und das Erkennen der Tatsache, daß das Denken immer begrenzt sein wird. Vielleicht denkt es über das Grenzenlose nach, aber es entspringt dennoch immer dem Begrenzten.

So kommt das Denken also zum Stillstand. Und das Gehirn, das ununterbrochen vor sich hin geplappert hat – konfus, beschränkt –, ist plötzlich still geworden, ohne Zwang, ohne Disziplin, weil es die Wirklichkeit, die Wahrheit sieht. Und die Wirklichkeit und die Wahrheit existieren jenseits der Zeit.

Wenn das Denken aufhört, dann ist da diese absolute Stille im Gehirn. Alle Gedankenbewegungen haben aufgehört. Sie haben aufgehört, aber sie können wieder in Kraft treten, wenn in der physischen Welt die Notwendigkeit zum Handeln besteht. Jetzt ist der Geist ruhig, er ist still. Und wo Stille ist, muß Raum sein, ungeheurer Raum, denn es ist kein Selbst mehr da. Das Selbst hat seinen eigenen, begrenzten Raum, den es sich erschafft. Doch wenn es nicht existiert, wenn die Aktivität des Denkens aufgehört hat, dann herrscht im Gehirn eine ungeheure Stille, weil es nun frei von all seiner Konditionierung ist.

Und nur dort, wo Raum und Stille sind, kann etwas Neues sein, etwas, das vom Denken und daher von der Zeit unberührt ist. Das könnte vielleicht das Heiligste sein – *vielleicht*. Sie können es nicht benennen. Vielleicht ist es das Unnennbare. Und wenn das da ist, dann sind auch Intelligenz und Mitgefühl und Liebe da. Dann ist das Leben nicht fragmentarisch. Es ist ein ganzheitlicher Prozeß, ein lebendiger Strom.

Aber der Tod ist genauso wichtig wie das Leben. Leben und Tod sind untrennbar miteinander verbunden. Leben heißt Sterben. Alle Sorgen, alle Schmerzen und Ängste zu beenden ist Sterben. Wie zwei Flüsse, die mit ungeheuren Wassermassen zusammenfließen. Und all das – vom Anfang unserer Rede bis zu diesem Punkt – ist Teil der Meditation. Wir haben die menschliche Natur untersucht, und niemand außer Ihnen selbst kann einen radikalen Wandel in ihr bewirken.

# Niemand kann uns
# das Licht geben

Man muß frei sein, um sich selbst ein Licht sein zu können. *Sich selbst ein Licht sein!* Niemand kann Ihnen dieses Licht geben, und Sie können es auch nicht am Licht eines anderen entzünden. Wenn Sie es am Licht eines anderen Menschen entzünden, ist es nur ein Licht, das ausgeblasen werden kann. Zu erforschen, was es bedeutet, sich selbst ein Licht zu sein, ist bereits Teil der Meditation. Wir werden dies gemeinsam untersuchen und sehen, wie außerordentlich wichtig es ist, dieses Licht zu haben.

Wir sind darauf konditioniert, Autoritäten zu akzeptieren – die Autorität des Priesters, die Autorität eines Buches, eines Gurus, die Autorität von irgend jemandem, der behauptet zu wissen. In allen spirituellen Angelegenheiten, wenn man dieses Wort »spirituell« einmal gebrauchen darf, darf es keinerlei Autoritäten geben, sonst können Sie nicht frei sein, um zu forschen, um selbst herauszufinden, was Meditation ist. Um tiefer in diese Frage eindringen zu können, müssen Sie innerlich ganz sein, frei von allen Autoritäten, frei von allem Vergleichen, auch frei von der Autorität des Redners, besonders von der des Redners – das heißt frei von mir –, denn wenn Sie sich nach dem richten, was er sagt, ist Ihre Forschungsreise schon zu Ende. Sie müssen sich der Bedeutung der Autorität des Arztes, des Wissenschaftlers bewußt sein, und Sie müssen verstehen, wie absolut unwichtig Autoritäten im Innern sind, ob es sich nun um die Autorität eines anderen Menschen oder die Autorität Ihrer eigenen Erfahrungen, Ihres Wissens, Ihrer Schlußfolgerungen und Vorurteile handelt. Die eigenen Erfahrungen, die eigenen Erkenntnisse werden auch zu unseren inneren Autoritäten: »Ich verstehe, deshalb habe ich recht.« Das sind alles Formen der Autorität, derer Sie sich bewußt sein müssen, sonst können Sie sich niemals selbst ein Licht sein. Wenn Sie sich selbst ein Licht sind, dann sind Sie ein Licht für die Welt, denn die Welt sind Sie, und Sie sind die Welt.

Es gibt also niemanden, der Sie führen kann, niemanden, der Ihnen sagt, daß Sie Fortschritte machen, niemanden, der Sie ermutigt. In der Meditation sind Sie vollkommen auf sich gestellt. Und Ihr eigenes inneres Licht kann nur anfangen zu scheinen, wenn Sie sich selbst erforschen, wenn Sie untersuchen, wer oder was Sie sind. Das ist Selbsterkenntnis – zu wissen, was Sie sind. Aber nicht im Sinne der Psychologen oder Philosophen und auch nicht im Sinne des Redners. Es geht darum, daß Sie sich Ihres eigenen Wesens, Ihrer eigenen Gedanken und Gefühle bewußt sind, Ihre gesamte innere Struktur erforschen. Selbsterkenntnis ist außerordentlich wichtig. Nicht die von anderen abgegebenen Meinungen oder Beschreibungen, sondern das, »was ist«, das, was Sie wirklich sind, nicht, was Sie zu sein glauben oder Ihrer Meinung nach sein sollten, sondern was wirklich ist.

Haben Sie das je versucht? Wissen Sie, wie schwierig es ist, sich bewußt zu sein, was tatsächlich im eigenen Innern vor sich geht? Denn wir schauen durch die Brille der Vergangenheit, und wenn Sie auf der Basis des Wissens forschen, das Sie in Form von Erfahrungen oder durch andere angesammelt haben, dann erforschen Sie sich selbst vor dem Hintergrund der Vergangenheit. Das heißt, Sie beobachten nicht wirklich das, »was ist«. Man muß frei sein, um beobachten zu können, und in diesem Beobachten beginnt sich die gesamte Struktur, das ganze Wesen des Selbst zu enthüllen. Das werden Ihnen nur wenige Menschen sagen, denn die meisten verfolgen ihre eigenen Interessen, sie wollen Organisationen gründen, Gruppen bilden. Ich bitte Sie, dem, was hier gesagt wird, Ihre ganze Aufmerksamkeit zu widmen.

Um sich selbst verstehen zu können, muß man beobachten, und dieses Beobachten kann nur *jetzt* stattfinden. Aber es ist nicht so, daß die Vergangenheit die Gegenwart beobachtet. Wenn ich die Gegenwart durch die Brille meiner vergangenen Schlußfolgerungen, Vorurteile, Hoffnungen und Ängste beobachte, dann beobachte ich die Gegenwart aus der Vergangenheit. Zwar bin ich überzeugt, daß ich das Hier und Jetzt beobachte, aber das ist nur möglich, wenn kein Beobachter da ist, der ja die Vergangenheit repräsentiert. Die Beobachtung des jetzigen Zustandes ist außerordentlich wichtig. Die aus der Vergangenheit kommende Bewegung, die auf die Gegenwart trifft, muß da enden; das ist das »Jetzt«. Aber wenn Sie zulassen, daß diese Bewegung sich fortsetzt, dann wird das Jetzt zur Zukunft oder zur Vergangenheit, aber Sie beobachten nie die aktuelle Situation. Beobachten ist nur unmittelbar möglich –

wenn Sie wütend sind, wenn Sie gierig sind; beobachten Sie es einfach, wie es ist. Das heißt nicht, daß Sie es verurteilen oder bewerten; Sie beobachten es einfach, lassen es sich entfalten und wieder verschwinden. Verstehen Sie, welche Schönheit darin liegt?

Normalerweise werden wir dazu erzogen, Dinge zu unterdrücken oder uns in eine bestimmte Richtung zu bewegen. Aber wir sagen: Beobachte deine Wut, deine Gier, dein sexuelles Verlangen – was es auch sein mag –, und beobachte es ohne die Vergangenheit, so daß die Wut aufblüht und wieder verschwindet, wieder in sich zusammenfällt. Wenn Sie das tun, werden Sie nie wieder wütend sein. Haben Sie das je getan? Tun Sie es einmal, und Sie werden es selbst entdecken. Erlauben Sie sich, ohne Motiv und Ziel zu beobachten. Beobachten Sie einfach nur Ihre Gier, Ihren Neid, Ihre Eifersucht, und in diesem Beobachten blüht sie auf und wird einem radikalen Wandel unterzogen. Bereits das reine Beobachten führt zu einer Veränderung.

Sich seiner selbst ohne Motiv bewußt zu sein und das, was tatsächlich jetzt vor sich geht, zu sehen, heißt zuzulassen, daß sich die gesamte Struktur und Aktivität des Selbst, des »Ich«, offenbart. Und wenn da kein Hintergrund existiert, kein Hintergrund in Form des Beobachters, dann macht das Selbst einen radikalen Wandel durch. Hier haben Autoritäten ganz offensichtlich keinen Platz. Es gibt keinen Vermittler zwischen Ihrer Beobachtung und der Wahrheit. So wird man sich selbst ein Licht. Dann fragt man niemals irgend jemanden, wie man etwas tun soll. Im Tun selbst, welches das Beobachten ist, vollzieht sich der Wandel. Tun Sie es!

Es ist also ganz wichtig, frei von allen Autoritäten zu sein, um beobachten zu können.

Dann muß auch die Suche nach Erfahrungen, nach denen wir alle verlangen, ein Ende haben. Ich werde Ihnen zeigen, warum. Tag für Tag machen wir die verschiedensten Erfahrungen. Diese Erfahrungen werden aufgezeichnet, werden zum Gedächtnis, und diese Erinnerungen verzerren unsere Beobachtung. Wenn Sie beispielsweise Christ sind, tragen Sie die zweitausend Jahre alte Konditionierung der Christenheit mit sich herum, all die Ideologien, Glaubenssätze, Dogmen und Rituale, die Vorstellung von einem Erlöser, und Sie wollen das erfahren, was Sie wie auch immer benennen mögen. Und Sie werden es erfahren, weil das Ihre Konditionierung ist. In Indien gibt es Hunderte von Göttern, die Menschen dort sind auf diese Glaubensinhalte konditioniert, und deshalb haben sie Visionen von diesen Göttern. Was sie sehen, entspricht ihrer Konditionierung. Wenn uns unsere physische Erfahrungen zu langweilen beginnen, verlangen wir nach Erfahrungen anderer Art, nach spirituellen Erfahrungen, wir wollen herausfinden, ob es einen Gott gibt, wir wollen Visionen haben. Sie werden Visionen haben, spirituelle Erfahrungen machen, und diese Erfahrungen werden logischerweise Ihrem kulturellen Hintergrund entsprechen, denn Ihr Geist ist darauf konditioniert. Hüten Sie sich davor, und sehen Sie klar, was diese Erfahrungen in Wirklichkeit sind.

Was ist mit solchen Erfahrungen verbunden? Es muß einen Erfahrenden geben, der Erfahrungen macht. Der Erfahrende ist all das, wonach er verlangt, all das, was ihm beigebracht wurde, er ist seine Konditionierung. Und er will etwas erfahren, was er Gott oder Nirwana oder was auch immer nennt. Also wird er es erfahren. Aber das Wort »Erfahrung« beinhaltet Erkennen, und Erkennen setzt voraus, daß man etwas bereits kennt. Deshalb ist es nichts Neues. Ein Geist, der nach Erfahrungen verlangt, lebt also eigentlich in der Vergangenheit und kann deshalb nie etwas Neues, Ursprüngliches sehen. Man muß also frei von diesem Verlangen nach Erfahrungen sein.

Es ist ungeheuer mühsam, in diese Art der Meditation hineinzugehen, denn wir alle wünschen uns ein leichtes, bequemes, glückliches, reibungsloses Leben. Wenn etwas Schwieriges auf Sie zukommt, das Ihre ganze Aufmerksamkeit, Ihre ganze Energie in Anspruch nimmt, sagen Sie deshalb schnell: »Ach, das ist nichts für mich; ich gehe einen anderen Weg.«

Beobachten Sie also Ihre Ängste, Freuden und Leiden, all die alltäglichen Verstrickungen in Ihren Beziehungen. Beobachten Sie das sehr sorgfältig. Beobachten bedeutet, daß kein Beobachter da ist und sich deshalb die Frage nach Unterdrückung, Verleugnung oder Akzeptanz gar nicht stellt; es geht um ein reines Beobachten der eigenen Ängste. Wenn Angst da ist, ist die Wahrnehmung immer verzerrt. Aber auch das Streben nach Vergnügen ist ein verfälschender Faktor. Auch Kummer ist eine Belastung. Ein Geist, der gerade lernt, was Meditation ist, muß frei von all diesen Dingen sein und verstehen, was in seinen alltäglichen Beziehungen vor sich geht. Das ist viel schwieriger, denn unsere Beziehungen basieren auf den Bildern, die wir uns voneinander gemacht haben. Solange es da jemanden gibt, der die Bilder produziert, wird er jede echte Beziehung verhindern. Es ist wichtig, das zu verstehen, damit man sehr tief in das Thema Meditation eindringen kann, und das ist auch der Grund, warum nur sehr wenige Menschen richtig meditieren.

Alle Meditationssysteme, bei denen man Tag für Tag eine bestimmte Methode praktiziert, bestehen darauf, daß das Denken kontrolliert werden muß, weil es ein Störfaktor ist und verhindert, daß der Geist still ist. Aber wenn Sie sich das genau anschauen, stellt sich die Frage: Wer ist der Kontrollierende? Sie sehen, wie wichtig es ist, Ihre Gedanken zu kontrollieren, und Sie sagen: »Ich werde versuchen, sie zu kontrollieren«, aber ihre Gedanken entwischen Ihnen immer wieder. Sie verbringen vierzig Jahre Ihres Lebens mit Kontrollieren, und sie entwischen Ihnen in jedem Augenblick. Also müssen Sie sich fragen, wer der Kontrollierende ist und warum es so wichtig ist, sich so anzustrengen, um etwas zu kontrollieren. Es entsteht also ein Konflikt zwischen dem Gedanken, der Ihnen entwischt, und einem anderen Gedanken, der sagt: »Ich muß das Denken kontrollieren.« Es ist ein ständiger Kampf, eine Schlacht, ein Konflikt. Wir müssen uns also fragen, wer der Kontrollierende ist. Ist er nicht auch nur ein Gedanke? Also sagt ein Gedanke, der Autorität beansprucht: »Ich muß den anderen Gedanken kontrollieren.« Ein Bruchstück versucht, ein anderes Bruchstück zu kontrollieren.

Hier ist es wichtig zu sehen, daß es nur das Denken gibt, und nicht den Denker *und* das Denken, also auch keine Instanz, die das Denken kontrolliert. Nur das Denken existiert. Wir beschäftigen uns also nicht mit der Frage, wie man das Denken kontrollieren kann, sondern mit dem gesamten Prozeß des Denkens. Warum sollte es aufhören? Wenn nur das Denken existiert, warum sollte es zum Stillstand kommen? Das Denken ist eine Bewegung, nicht wahr? Das Denken ist eine Bewegung in der Zeit, eine Bewegung von hier nach dort. Kann die Zeit zum Stillstand kommen? Das ist die entscheidende Frage, nicht, wie man das Denken zum Stillstand bringt. Im Hinblick auf Meditation haben die meisten Gurus den Schwerpunkt auf Kontrolle gelegt, aber Kontrolle ist immer mit Mühe, mit Anstrengung verbunden, und dadurch entsteht zwangsläufig ein Konflikt, weil etwas unterdrückt werden muß. Und immer, wo etwas unterdrückt wird, entstehen alle möglichen neurotischen Verhaltensweisen.

Ist es möglich, ohne jegliche Kontrolle zu leben? Das bedeutet keineswegs Zügellosigkeit, es bedeutet nicht, zu tun, was einem beliebt. Aber können Sie in Ihrem täglichen Leben innerlich ohne jegliche Kontrolle leben? Sie können es. Doch wir kennen kein Leben, auf das nicht der geringste Schatten von Kontrolle fällt. Wir alle kennen nur Kontrolle. Kontrolle geht mit Vergleichen einher. Ich vergleiche mich mit dir und will sein wie du, weil du intelligenter, klarer, spiritueller bist. Ich will sein wie du, also strenge ich mich an, um so zu werden wie du. Aber was geschieht, wenn wir innerlich gar keine Vergleiche anstellen? Ich bin, was ich bin. Ich weiß nicht, was ich bin, aber das bin ich. Ich strebe nicht nach etwas, das ich als besser betrachte. Was geschieht, wenn ich nicht vergleiche? Bin ich dumm, weil ich mich mit dir, die du klug und brillant bist, verglichen habe, oder werde ich einfach dumm durch jenes Wort?

Wenn Sie in ein Museum gehen, betrachten Sie die verschiedenen Bilder, vergleichen sie, sagen, das eine sei besser als das andere. Wir werden von klein auf dazu erzogen. In der Schule sagen wir, daß wir besser als die anderen sein müssen; wir müssen die anderen in bezug auf Leistung

»schlagen«. Diese ganzen Prüfungen sind nichts als Vergleiche, immer geht es darum, sich anzustrengen. Wir sagen, daß Sie auf das stoßen, »was ist«, wenn Sie dieses ganze Messen und Vergleichen durchschauen und wenn Sie sehen, wie unwirklich es auf der psychischen Ebene ist. Dann haben Sie genau das vor sich, »was ist«. Aber dem, »was ist«, können Sie nur begegnen, wenn Sie Energie haben. Zuvor floß diese Energie ins Vergleichen, aber jetzt haben Sie sie zur Verfügung, um das, »was ist«, zu beobachten, das, was hier und jetzt ist. Und dadurch macht das, »was ist«, einen radikalen Wandel durch.

Das Denken hat sich also in den Kontrollierenden und das Kontrollierte aufgespalten. Aber den Kontrollierenden und das Kontrollierte gibt es nicht, es gibt nur das Denken, nur den Akt des Denkens. Denken ist eine Bewegung in der Zeit, die dem Messen und Vergleichen dient. Kann das ganz leicht und natürlich, ohne jegliche Kontrolle aufhören? Wenn ich mich anstrenge, um es zu beenden, ist immer noch das Denken in Aktion. Ich unterliege einer Selbsttäuschung, wenn ich sage, der Denkende unterscheide sich vom Denken. Also existiert nichts als das Denken. Der Denkende ist das Denken. Ohne Gedanken gibt es auch keinen Denkenden. Kann dieses Denken, das eine Bewegung in der Zeit ist, enden? Das heißt, kann die Zeit zum Stillstand kommen?

Die Zeit ist die Vergangenheit. Es gibt keine zukünftige Zeit, die Zukunft ist nur die Vergangenheit, die auf die Gegenwart stößt, sie verändert und sich fortsetzt. Zeit ist eine Strömung aus der Vergangenheit, die sich verändert, aber dennoch immer weiter fortsetzt. Dieser Strom, der den gesamten Strom des Wissens ausmacht, den gesamten Strom des Bekannten, muß zum Stillstand kommen. Solange Sie nicht frei von diesem Strom sind, können Sie nichts Neues sehen. Dieser Strom muß zum Stillstand kommen, aber das können Sie nicht mit dem Willen erreichen, denn das wäre Kontrolle. Sie können ihn nicht durch Ihr Wünschen zum Stillstand bringen, denn das ist Teil Ihrer Gefühle, Gedanken, Bilder erzeugenden Struktur. Wie kann also diese Bewegung auf natürliche, einfache Weise enden, ohne daß Sie Ihr Wissen ins Spiel bringen?

Haben Sie jemals etwas aufgegeben, was Ihnen großes Vergnügen bereitete, haben Sie es in einem Augenblick *unmittelbar* fallen lassen? Haben Sie das je getan? Sie können das mit Schmerz und Leid tun, aber davon spreche ich nicht, denn das wollen Sie ja vergessen, das wollen Sie loswerden. Aber haben Sie jemals etwas fallen lassen, was Ihnen großes Vergnügen bereitet? Haben Sie es ganz ohne Anstrengung losgelassen? Die Vergangenheit ist stets unser Hintergrund. Wir leben in der Vergangenheit – irgend jemand *hat* mich verletzt, jemand *hat* etwas zu mir gesagt –, wir verbringen unser ganzes Leben in der Vergangenheit. Das gegenwärtige Ereignis wird in eine Erinnerung umgewandelt, und die Erinnerungen werden zur Vergangenheit. Also leben wir in der Vergangenheit. Kann dieser Strom der Vergangenheit enden?

Die Vergangenheit ist eine Strömung, die durch die Gegenwart verändert wird und sich in die Zukunft bewegt. Das ist der Strom der Zeit. Die Vergangenheit bewegt sich ununterbrochen fort, stößt auf die Gegenwart und bewegt sich weiter. Das Jetzt ist keine Bewegung, denn Sie *wissen* nicht, was das Jetzt ist, Sie *kennen* nur die Bewegung. Aber das Unbewegliche ist das Jetzt. Das Jetzt ist der

Punkt, wo die Vergangenheit auf die Gegenwart trifft und *endet*. Das ist das Jetzt. Der Strom der Vergangenheit trifft also auf das Jetzt, das unbeweglich ist, und kommt zum Stillstand. Das Denken, das eine Bewegung aus der Vergangenheit ist, stößt auf die Gegenwart und endet hier. Darüber muß man meditieren. Nachdenken. Tun Sie das.

Das nächste ist der Geist, und der besteht nicht nur aus Materie, nicht nur aus dem Gehirn, sondern umfaßt alle Empfindungen und alles, was das Denken in diesen Geist hineingebracht hat. Er ist das Bewußtsein, und in diesem Bewußtsein existieren die verschiedensten unbewußten Wünsche und Bestrebungen. Kann man dieses Bewußtsein als Ganzes sehen? Nicht Stück für Stück, denn wenn wir es Stück für Stück untersuchen, wird das endlos dauern. Nur wenn man das Bewußtsein in seiner Gesamtheit beobachten kann, besteht die Möglichkeit, daß es endet oder sich etwas Neues zeigt. Kann man dieses Bewußtsein also als Ganzes, in seiner Totalität beobachten? Man kann, wenn man dazu bereit ist. Wenn Sie eine Landkarte anschauen, weil Sie den Wunsch haben, zu einem bestimmten Ort zu gelangen, folgen Sie einer Richtung. Betrachten Sie die Landkarte aber als Ganzes, haben Sie kein Ziel und folgen also auch keiner Richtung. Das ist ganz einfach. Sehen Sie, wie einfach es ist. Machen Sie es nicht kompliziert. Und genauso bedeutet es auch, keine Richtung zu haben, wenn man dieses Bewußtsein als Ganzes anschaut; es bedeutet, kein Motiv zu haben. Wenn Sie irgend etwas als Ganzes beobachten können, sich selbst oder Ihr Bewußtsein, dann existiert kein Motiv und deshalb auch keine Richtung.

Damit Sie Ihr Bewußtsein also in seiner Gesamtheit beobachten können, dürfen Sie kein Motiv und kein Ziel haben. Aber ist das möglich, wenn Sie doch dazu erzogen wurden, für alles, was Sie tun, einen Grund, ein Motiv zu haben? Wir sind darauf trainiert worden, zielgerichtet zu handeln. Alle unsere Religionen sagen uns, daß wir ein Ziel haben müssen; jeder sagt es. Aber in dem Moment, in dem Sie ein Motiv haben, welches entweder Lust oder Schmerz, Belohnung oder Bestrafung ist, ein Ziel, das Ihnen die Richtung vorgibt, können Sie nicht mehr das Ganze sehen. Wenn Sie das verstehen, wenn Sie das tatsächlich sehen, dann haben Sie kein Motiv. Sie fragen nicht: »Wie werde ich mein Motiv los?« Sie können etwas nur dann im Ganzen sehen, wenn es kein Ziel und keine Richtung gibt, wenn es kein Zentrum gibt, von dem aus Sie sich in eine bestimmte Richtung bewegen. Das Zentrum ist das Motiv. Wenn kein Motiv existiert, dann existiert auch kein Zentrum und daher keine Richtung. All das ist Teil der Meditation.

Was nun?

Nun ist der Geist darauf vorbereitet, völlig bewegungslos zu beobachten. Haben Sie das verstanden? Weil Sie verstanden haben, was Autorität bedeutet, und alles, was damit einhergeht, sind Sie vollkommen auf sich gestellt, um sich selbst ein Licht zu sein. Es findet also keine Beeinflussung statt; der Geist, das Gehirn speichert nicht. Es findet jetzt also keinerlei Bewegung im Geist statt. Deshalb ist er still; aber es ist keine aufgezwungene Stille, keine kultivierte Stille, die bedeutungslos wäre, sondern eine Stille, die nichts mit Unterdrückung, nichts mit dem Unterbinden von Lärm zu tun hat. Sie ist ein natürliches Resultat des täglichen Lebens, und das tägliche Leben hat seine eigene Schönheit. Schönheit ist Teil dieser Bewegungslosigkeit.

Was ist Schönheit? Ist es die Beschreibung? Ist es das Objekt, das Sie sehen, seine Proportionen, die Höhen und Tiefen, die Schatten, ein Gemälde oder eine Skulptur von Michelangelo? Liegt Schönheit im Auge des Betrachters? Oder dort draußen? Oder existiert sie weder im Auge des Betrachters noch dort draußen? Wir sagen, daß ein schönes Objekt, ein schönes Gebäude, eine herrliche Kathedrale oder ein schönes Gemälde dort draußen sind. Oder existiert die Schönheit im Auge des Betrachters, weil es darauf trainiert wurde, zu beobachten und zu sehen, daß etwas Häßliches nicht gut proportioniert ist, keine Tiefe, keinen Stil hat? Ist Schönheit dort draußen, ist sie im Auge des Beobachters, oder hat sie weder mit dem Auge noch mit der Außenwelt etwas zu tun?

Schönheit *ist,* wenn Sie nicht sind. Wenn Sie schauen, sind Sie derjenige, der betrachtet und bewertet, der sagt: »Das ist herrlich proportioniert.« »Das ist so ruhig, es hat Tiefe, es ist großartig.« Es ist Ihre Betrachtungsweise, Sie geben dem Bedeutung. Doch wenn Sie nicht da sind – das ist Schönheit. Wir wollen uns ausdrücken, weil das Selbstverwirklichung ist, aber wenn diese Schönheit da ist, drückt sie sich vielleicht nie im Äußeren aus. Schönheit kann da sein, wenn Sie als Mensch, mit all Ihren Sorgen, Ängsten, Ihrem Schmerz und Leid nicht da sind. Dann ist Schönheit da.

Der Geist ist also still, ohne Bewegung. Aber was existiert, wenn die Bewegung zum Stillstand kommt?

Ist Mitgefühl eine Bewegung? Wir glauben, mitfühlend zu sein, wenn wir irgendwo hingehen und etwas für andere tun, wenn wir in ein indisches Dorf gehen und den Leuten helfen. Aber das sind nur verschiedene Formen der Sentimentalität, der Zuneigung und so weiter. Wir fragen nach etwas viel Wichtigerem: Was geschieht, wenn keine Bewegung stattfindet? Ist es Mitgefühl? Oder geht es über all das hinaus? Das heißt, gibt es etwas, das absolut ursprünglich und deshalb heilig ist? Wir wissen nicht, was heilig ist. Wir glauben, unsere Bilder in den Kirchen, Tempeln oder Moscheen seien heilig, aber diese Bilder wurden vom Denken erschaffen. Und das Denken ist ein materieller Prozeß, eine Bewegung. Wenn keinerlei Bewegung stattfindet, existiert dann etwas absolut Ursprüngliches, von der Menschheit absolut Unberührtes, etwas, das unberührt von allen Denkprozessen ist? Es könnte das sein, was ursprünglich und deshalb heilig ist.

Das ist wahre Meditation. Ganz von vorne anzufangen, ohne etwas zu wissen. Wenn Sie mit Ihrem Wissen beginnen, enden Sie beim Zweifel. Wenn Sie ohne Wissen beginnen, enden Sie bei der absoluten Wahrheit, die Gewißheit ist. Ich frage mich, ob Sie das begreifen. Wir begannen damit, daß wir sagten, wir müssen uns selbst erforschen und uns, da wir selbst das Bekannte sind, vom Bekannten entleeren. Und aus dieser Leere fließt alles andere ganz natürlich.

Wenn es etwas Heiliges gibt, und darum geht es bei der Meditation, dann hat das Leben eine völlig andere Bedeutung. Es ist nie oberflächlich, niemals. Wenn Sie das verstanden haben, spielt alles andere keine Rolle.

# Eine Dimension, die das Denken nicht berühren kann

In welchen Teil der Welt man auch reist, überall kann man beobachten, daß der menschliche Geist in allen nur möglichen Formen – von der primitivsten bis zur hochkultivierten – danach strebt, etwas wirklich Heiliges zu entdecken. Wohin man auch blickt, überall ist der menschliche Geist ständig mit der Frage beschäftigt, ob es etwas wirklich Heiliges, Göttliches gibt, etwas, das unzerstörbar ist. Überall auf der Welt haben die Priester uns gesagt, daß wir auf dieser Suche an etwas glauben müssen, das der Mensch »Gott« genannt hat. Aber kann man durch eine bestimmte Religion oder ein bestimmtes Glaubenssystem herausfinden oder erfahren, ob das, was wir Gott nennen, existiert oder nicht? Oder ist all das nur die Erfindung eines angstvollen Geistes, der sieht, daß alles im Fluß ist, alles veränderlich ist, und der nach etwas Beständigem sucht, nach etwas jenseits der Zeit? Man muß sich dafür interessieren, ob man nun daran glaubt oder nicht, denn solange man nicht darauf stößt, nichts darüber erfährt, wird das Leben immer oberflächlich sein. Vielleicht ist man moralisch – im guten Sinne des Wortes, ohne Zwänge, ohne Beeinflussung durch die Gesellschaft, durch die Kultur –, vielleicht führt man ein recht harmonisches, normales, ausgeglichenes Leben ohne große Widersprüche und Ängste, aber solange man das nicht findet, was die Menschheit von jeher sucht, bleibt das Leben oberflächlich, wie moralisch, wie sozial engagiert man auch sein mag, wie sehr man auch versucht, anderen zu helfen und so weiter. Wahrhaft moralisch, tugendhaft zu sein bedeutet, tief im Bereich der Ordnung verankert zu sein.

Wenn es einem damit wirklich Ernst ist, wenn einen das gesamte Phänomen der Existenz wirklich berührt, ist es wichtig, daß man für sich selbst herausfindet, ob es etwas Unbenennbares, etwas jenseits der Zeit gibt, das nicht vom Denken erschaffen wurde und das keine Illusion des menschlichen Geistes ist, der Sehnsucht nach etwas hat, das über seine Erfahrungen hinausgeht. Man muß das herausfinden, weil es dem Leben eine erstaunliche Tiefe gibt – nicht nur einen Sinn, sondern auch große Schönheit –, in der kein Konflikt existiert, sondern ein Gefühl der Ganzheit, der Vollständigkeit, der totalen Erfüllung. Wenn ein Geist darüber etwas herausfinden will, muß er natürlich all die Dinge verwerfen, die der Mensch erfunden hat, die er göttlich nennt, mitsamt all den religiösen Ritualen, Glaubenssätzen und Dogmen, auf die er konditioniert ist.

Ich hoffe, daß wir miteinander kommunizieren, und ich hoffe außerdem, daß Sie diese Dinge wirklich verworfen haben – nicht nur verbal, sondern tief in Ihrem Innern –, damit Sie in der Lage sind, völlig allein zu stehen und psychisch, innerlich von nichts und niemandem abhängig sind. Der Zweifel ist eine gute Sache, doch man muß ihn in Schach halten. Den Zweifel intelligent in Schach zu halten heißt zu forschen, aber alles anzuzweifeln, was bedeutungslos ist. Wenn Sie intelligent geforscht und selbst gesehen haben, was es mit jener Struktur auf sich hat, die der Mensch errichtete, um herauszufinden, ob es Unsterblichkeit oder einen zeitlosen Zustand des Geistes gibt oder nicht, dann können Sie anfangen zu lernen.

Das Denken kann diesen Zustand niemals erfassen, weil es nicht nur Zeit und Messen repräsentiert, sondern auch den gesamten bewußten oder unbewußten Inhalt der Vergangenheit. Wenn das Denken sagt, daß es sich auf die Suche nach etwas Echtem, Ursprünglichem machen will, kann es das, was es als echt betrachtet, projizieren, aber das ist nur eine Illusion. Wenn das Denken sich einer Disziplin unterwirft, um etwas zu finden, dann tut es das, was die meisten Heiligen und Religionen und Glaubenslehren tun. Verschiedene Gurus werden Ihnen sagen, daß Sie Ihr Denken trainieren, kontrollieren und disziplinieren müssen, daß Sie es in die von ihnen vorgegebenen Muster zwingen müssen, damit Sie schließlich das Wahre und Echte finden können. Aber man sieht, daß das Denken es niemals finden kann, weil es von Grund auf unfrei ist. Das Denken kann niemals neu sein, und um das finden zu können, was total unbekannt, unfaßbar ist, muß das Denken absolut still sein.

Kann das Denken still sein – ohne Anstrengung, ohne kontrolliert zu werden? Denn in dem Augenblick, in dem Sie es kontrollieren, existiert der Kontrollierende, der ebenfalls eine Erfindung des Denkens ist. Dann fängt der Kontrollierende an, seine Gedanken zu kontrollieren, und so entsteht ein Konflikt. Immer wenn ein Konflikt entsteht, ist das Denken aktiv. Der Geist ist das Resultat der Zeit, der

Evolution; er ist ein riesiger Wissensspeicher, und dieses Wissen ist das Resultat vieler Einflüsse und Erfahrungen, die die Essenz des Denkens sind. Kann dieser Geist still sein, ohne Kontrolle, ohne Disziplin, ohne jegliche Form von Anstrengung und Mühe? Jegliches Bemühen muß eine Verzerrung bewirken. Wenn wir, Sie und ich, das verstehen, dann können wir im täglichen Leben normal, intelligent, gesund funktionieren und werden gleichzeitig ein außerordentliches Gefühl von innerer Freiheit verspüren.

Wie kann das geschehen? Nach der Antwort auf diese Frage hat die Menschheit von jeher gesucht. Wir wissen sehr wohl, daß das Denken ein flüchtiger Prozeß ist, daß es verändert, modifiziert, erweitert werden kann, und daß es nicht wirklich in etwas vordringen kann, das von keinem Gedankenprozeß erfaßt werden kann. Der Mensch fragt sich, wie man das Denken kontrollieren kann, weil er ganz klar sieht, daß er nur dann wirklich hören kann, daß er nur klar sehen kann, wenn der Geist absolut still ist.

Kann das ganze Gehirn, der Geist, vollkommen still sein? Haben Sie sich diese Frage jemals gestellt? Falls Sie sich das gefragt und eine Antwort gefunden haben, dann muß die Antwort Ihrem Denken entsprechend ausgefallen sein. Kann das Denken von Natur aus seine eigene Begrenzung erkennen und, indem es seine Begrenzung erkennt, zum Stillstand kommen? Wenn Sie die Aktivität Ihres eigenen Gehirns beobachtet haben, dann haben Sie gesehen, daß die Gehirnzellen selbst der Inhalt der Vergangenheit sind. Jede Zelle des Gehirns hat die Erinnerungen an das Gestern gespeichert, weil diese Erinnerungen dem Gehirn Sicherheit geben. Das Morgen ist unsicher, und in der Vergangenheit liegt Sicherheit. Wissen verleiht Sicherheit. Das

Gehirn ist also die Vergangenheit, und deshalb ist das Gehirn Zeit. Es kann sich nur im Rahmen der Zeit bewegen: gestern, heute und morgen. Morgen ist unsicher, aber die Vergangenheit läßt durch die Gegenwart das Morgen sicherer erscheinen. Kann dieses Gehirn, das seit Jahrtausenden trainiert und geformt wurde, vollkommen still sein? Bitte versuchen Sie zuerst, das Problem zu verstehen, denn wenn wir das Problem mit allem, was es mit sich bringt, klar verstehen, dann ist die Antwort im Problem enthalten, sie ist nicht außerhalb zu finden. Jedes Problem trägt, wenn Sie es genau untersuchen, seine Lösung in sich; die Lösung liegt nie außerhalb.

Die Frage lautet also: Kann das Gehirn, der Geist, die ganze organische Struktur, absolut still sein? Sie wissen, daß es verschiedene Arten von Stille gibt: die Stille zwischen zwei Geräuschen, die Stille zwischen zwei gesprochenen Sätzen; es gibt eine erzwungene Stille und eine, die durch harte Disziplin und Kontrolle erreicht wird. Aber all diese Formen von Stille sind steril. Sie haben nichts mit Stille zu tun, sondern sind Produkte des Denkens, das still sein *will,* und deshalb spielt sich das Ganze innerhalb des Bereichs des Denkens ab.

Wie kann der Geist – als Ganzes – ohne Motiv still sein? Wenn er ein Motiv hat, agiert immer noch das Denken. Wenn Sie darauf keine Antwort wissen, bin ich froh, denn hier ist große Ehrlichkeit notwendig. Um herauszufinden, ob es wirklich etwas gibt, das nicht von dieser Dimension, sondern einer völlig anderen Dimension ist, bedarf es großer Ehrlichkeit, in der Selbsttäuschung und daher Wunschdenken keinen Platz haben. In dem Moment, in dem der Geist sich wünscht, diesen Zustand zu erfahren, wird er etwas erfinden, er wird sich in einer Illusion, einer Vision verstricken. Diese Vision, diese Erfahrung, ist die Projektion der Vergangenheit, und wie betörend, wie angenehm, wie großartig sie auch sein mag: Sie ist und bleibt Teil der Vergangenheit.

Wenn all das ganz klar ist, nicht nur verbal, sondern tatsächlich, dann stellt sich die Frage: Kann der Inhalt des Bewußtseins, der das Bewußtsein ausmacht, völlig ausgeleert werden?

Der ganze Inhalt unseres Alltagsbewußtseins umfaßt das Unbewußte und das Bewußte: was wir gedacht haben, was wir angesammelt haben, was wir durch Tradition, durch die Kultur, durch Kämpfe und Schmerzen, Leid und Selbsttäuschung angehäuft haben. All das ist mein Bewußtsein und Ihres. Um herauszufinden, ob es wirklich etwas gibt, das nicht dieser Dimension, sondern einer völlig anderen Dimension angehört, ist große Ehrlichkeit erforderlich. Was ist das Bewußtsein ohne seinen Inhalt? Ich kenne mein Bewußtsein nur aufgrund seines Inhalts. Ich bin Hindu, Buddhist, Christ, Katholik, Kommunist, Sozialist, Künstler, Wissenschaftler, Philosoph. Ich hänge an meinem Haus, meiner Frau, meinem Freund. Der Inhalt meines Bewußtseins sind all die Schlußfolgerungen, Erinnerungen und Bilder, die ich innerhalb von fünfzig, hundert oder zehntausend Jahren erschaffen und angesammelt habe. Der Inhalt ist mein Bewußtsein, so wie das Ihre, und dieser Bewußtseinsbereich ist zeitgebunden, weil er der Bereich des Denkens, des Messens und Vergleichens, des Bewertens und Urteilens ist.

Innerhalb dieses Bewußtseinsbereichs laufen all meine Gedankenprozesse ab, die bewußten und die unbewußten.

Und jede Bewegung innerhalb dieses Bereichs spielt sich im Rahmen der Bewegung des Bewußtseins mit seinen Inhalten ab. Deshalb ist in diesem Bewußtsein mit seinen Inhalten nur wenig Raum.

Wenn wir das gemeinsam entdecken, ist es Ihre Wahrheit, nicht meine. Wenn Sie frei von allen Führern, allen Lehren sind, dann lernt Ihr Geist. Dann ist Energie vorhanden; Sie werden alles daransetzen, es herauszufinden. Doch wenn Sie jemandem folgen, verlieren Sie Ihre Energie.

Innerhalb jenes Bewußtseinsbereichs, der mit all seinen Inhalten an Zeit gebunden ist, ist sehr wenig Raum vorhanden. Sie können den Raum durch Ihre Vorstellungskraft, Ihre Erfindungsgabe erweitern, können ihn beliebig ausdehnen, Ihr Denken kann immer verfeinerter und bewußter werden, aber Sie bewegen sich immer noch innerhalb des begrenzten Bewußtseinsbereichs mit seinem Inhalt. Und auch jede Aktivität, die über diesen Bereich hinausführen soll, spielt sich innerhalb seiner Grenzen ab. Wenn Sie Drogen nehmen, ist das Resultat immer noch eine Gedankenaktivität innerhalb dieses Bewußtseinsbereichs, und wenn Sie glauben, ihn zu überschreiten, befinden Sie sich dennoch darin, weil das Ganze nur eine Vorstellung ist, oder Sie erfahren die Inhalte intensiver. Man sieht also den Inhalt, der das »Ich«, das Ego, die Person, das sogenannte Individuum ist. Innerhalb dieses Bewußtseins, wie erweitert es auch sein mag, existieren immer auch Zeit und begrenzter Raum. Und wenn dieses Bewußtsein eine Anstrengung macht, um etwas außerhalb seiner selbst zu erreichen, kann das nur zu Illusionen führen. Es ist absurd, sich auf die Suche nach der Wahrheit zu machen. Und wenn ein

»Meister«, ein Guru, Ihnen sagt, daß Sie es durch diese oder jene Methode finden werden, ohne den ganzen Inhalt zu verstehen und auszuleeren, dann führt ein Blinder einen Blinden.

Der Geist ist sein Inhalt. Das Gehirn ist die Vergangenheit, und das Denken funktioniert auf der Basis dieser Vergangenheit. Das Denken ist niemals frei und niemals neu. Also stellt sich die Frage: Wie kann man diesen Inhalt ausleeren? Nicht als Methode, denn in dem Moment, in dem Sie eine Methode praktizieren, die Ihnen jemand vermittelt hat oder die Sie selbst erfunden haben, wird es mechanisch, und deshalb bewegen Sie sich immer noch innerhalb der Zeit und des begrenzten Raums. Kann der Geist seine eigene Begrenzung sehen, und kann allein diese Wahrnehmung die Begrenzung beenden? Kann er aufhören zu fragen, *wie* er leer werden kann, und statt dessen den gesamten Inhalt sehen, der sein Bewußtsein ausmacht, und die ganze Bewegung dieses Bewußtseins wahrnehmen, so daß diese Wahrnehmung gleichzeitig sein Ende ist? Wenn ich etwas falsch sehe, dann ist die Wahrnehmung des Falschen das Wahre. Die bewußte Wahrnehmung, daß ich eine Lüge erzähle, ist Wahrheit. Die Wahrnehmung meines Neids ist die Freiheit von Neid. Das heißt, man kann nur ganz klar sehen und beobachten, wenn kein Beobachter da ist. Der Beobachter ist die Vergangenheit, das Bild, die Schlußfolgerung, die Meinung, das Urteil.

Kann also der Geist seinen Inhalt ohne jegliches Bemühen klar sehen, kann er die Begrenzung sehen, den Mangel an Raum und die zeitgebundene Qualität des Bewußtseins mit seinem Inhalt? Können Sie das sehen? Sie können das in seiner Gesamtheit nur sehen – das Unbewußte und das

Bewußte –, wenn Sie still schauen können, wenn der Beobachter vollkommen still ist. Das erfordert Aufmerksamkeit, und in dieser Aufmerksamkeit sammelt sich Energie. Bemühen Sie sich aber, aufmerksam zu sein, dann führt ebendieses Bemühen zur Energieverschwendung. Wenn Sie versuchen, Kontrolle auszuüben, verschwenden Sie Energie. Kontrolle bedeutet Konformität, Vergleich, Unterdrückung, und all das ist Energieverschwendung. Wo bewußte Wahrnehmung ist, da ist Aufmerksamkeit, und das ist totale Energie ohne die geringste Spur von Energieverschwendung.

Wenn Sie den gesamten bewußten und unbewußten Inhalt mit Energie anschauen, dann ist der Geist leer. Das ist nicht meine Illusion. Es ist nicht das, was ich glaube, keine Schlußfolgerung, zu der ich gelangt bin. Wenn ich zu einem Schluß gelangt bin, wenn ich denke, er sei richtig, dann lebe ich in einer Illusion. Und wenn ich wüßte, daß das eine Illusion ist, würde ich nicht sprechen, denn das wäre so, als wollte ein Blinder einen anderen Blinden führen. Sie können das Logische, das Vernünftige daran selbst entdecken, wenn Sie zuhören, wenn Sie aufmerksam sind, wenn Sie es wirklich herausfinden wollen.

Wie kann sich das Unbewußte mit seinem Inhalt in seiner ganzen Tiefe zeigen? Betrachten Sie zuerst die Frage, und dann können wir von da aus weitergehen. So wie wir alles im Leben aufspalten, haben wir auch das Bewußtsein in einen bewußten und einen unbewußten Teil aufgespalten. Diese Trennung wird durch unsere Kultur, durch unsere Erziehung bewirkt. Das Unbewußte hat seine Motive, sein ethnisches Erbe, seine Erfahrungen. Kann all das ans Licht der Intelligenz, ans Licht der bewußten Wahrnehmung gebracht werden? Stellen Sie diese Frage als Analytiker, der den Inhalt analysieren wird und deshalb Trennung, Widersprüche, Konflikte und Leid erlebt? Oder stellen Sie diese Frage, ohne die Antwort zu wissen? Das ist wichtig. Wenn Sie ernsthaft, ehrlich fragen, wie man diese gesamte verborgene Bewußtseinsstruktur ans Licht bringen kann, weil Sie es wirklich nicht wissen, dann werden Sie lernen. Aber wenn Sie eine Überzeugung, eine Meinung haben, dann gehen Sie mit einem Geist an die Sache heran, der die Antwort bereits vorweggenommen hat oder davon ausgeht, daß es keine Antwort gibt. Vielleicht haben Sie durch irgendeinen Philosophen, Psychologen oder Analytiker etwas darüber gehört, aber es ist nicht *Ihr* Wissen. Es ist das Wissen dieser Leute und *Ihre* Interpretation, Sie versuchen, die anderen zu verstehen, nicht das, *was tatsächlich ist.*

Was findet ein Geist vor, der sagt: »Ich weiß es nicht.« – was ja der Wahrheit entspricht, was ja ehrlich ist? Wenn Sie sagen: »Ich weiß es nicht«, dann hat der Inhalt überhaupt keine Bedeutung, denn dann ist der Geist ganz frisch und unberührt. Es ist der neue Geist, der sagt: »Ich weiß nicht.« Wenn Sie das also sagen – nicht einfach so zum Spaß, sondern ernsthaft und ehrlich, dann ist dieser Geist, der nichts weiß, von seinem Bewußtsein, seinem Inhalt entleert. Denn das Wissen ist der Inhalt. Verstehen Sie das? Wenn der Geist nie sagen kann, daß er etwas weiß, dann ist er immer neu, lebendig, aktiv und hat daher nichts, woran er sich festhalten kann. Nur wenn der Geist im Wissen verwurzelt ist, sammelt er Meinungen und Schlußfolgerungen und führt Trennungen herbei.

Das ist Meditation. Das heißt, es geht bei der Meditation darum, die Wahrheit in *jedem Augenblick* zu sehen – nicht die absolute Wahrheit, sondern in jedem Moment das Wahre und das Unwahre. Die Wahrheit zu erkennen, daß der Inhalt das Bewußtsein ist – das ist die Wahrheit. Die Wahrheit zu erkennen, daß ich mit dieser Sache nicht umgehen kann – das ist die Wahrheit, daß ich nichts weiß. Deshalb ist Nichtwissen der Zustand, in dem es keinen Bewußtseinsinhalt gibt.

Das ist so schrecklich einfach. Vielleicht haben Sie Einwände dagegen, weil Sie etwas Kompliziertes, klug Ausgedachtes vorziehen würden. Sie wollen etwas außerordentlich Einfaches und somit außerordentlich Schönes nicht sehen.

Kann der Geist, das Gehirn, seine eigene Begrenztheit sehen, die Begrenztheit der Zeit, die Bindung durch die Zeit und die Begrenztheit des Raumes? Solange man in diesem begrenzten Raum und dieser zeitgebundenen Bewegung lebt, muß es zwangsläufig Leiden geben, muß es Verzweiflung, Hoffnung und alle damit verbundenen Ängste und Spannungen geben. Wenn der Geist diese Wahrheit erkannt hat – was ist dann Zeit? Ist dann eine andere Dimension da, die das Denken nicht berühren und deshalb nicht beschreiben kann? Wir sagten, daß das Denken »Messen« und daher Zeit ist. Unser Leben wird vom Messen bestimmt; unsere ganzen Denkstrukturen basieren auf dem Messen und Vergleichen. Und das Denken versucht über sich selbst hinauszugehen und zu entdecken, ob es etwas gibt, das unermeßlich ist. Zu sehen, wie falsch das ist – das ist die Wahrheit. Die Wahrheit ist, das Falsche zu sehen, und das Falsche ist die *Suche* des Denkens nach etwas Unermeßlichem, etwas Zeitlosem, nach etwas jenseits der Grenzen des Bewußtseinsinhaltes.

Wenn Sie all diese Fragen stellen und forschen, wenn Sie dabei lernen, dann wird Ihr Geist, Ihr Gehirn, außerordentlich still. Um still zu werden, brauchen Sie keine Disziplin zu befolgen, Sie brauchen keinen Lehrer, keinen Guru und kein System.

Heutzutage werden überall auf der Welt die verschiedensten Meditationsmethoden angeboten. Der Mensch ist so gierig, so besessen davon, etwas zu erfahren, worüber er nichts weiß. Zur Zeit ist Yoga modern; es wurde in den Westen gebracht, damit die Menschen dort glücklich werden, gesund und jung bleiben können, und um ihnen zu helfen, Gott zu finden – heutzutage wird alles hineingelegt. Außerdem herrscht derzeit ein großes Interesse am Okkulten, weil das so aufregend ist. Für den Geist eines Menschen, der an der Wahrheit interessiert ist, der versucht, das Leben in seiner Gesamtheit zu verstehen, der das Falsche als das Falsche und das Wahre im Falschen erkennt, sind okkulte Dinge ziemlich durchschaubar; ein solcher Geist wird sich gar nicht damit beschäftigen. Es ist völlig unwesentlich, ob ich Ihre Gedanken lesen kann oder ob Sie meine lesen können, oder ob ich Engel und Feen sehen kann oder Visionen habe. Wir verlangen nach irgend etwas Mysteriösem, aber wir sehen nicht das ungeheure Mysterium im Leben, in der Liebe zum Leben. Wir sehen das nicht, und so verschwenden wir uns an Dinge, die völlig bedeutungslos sind.

Wenn Sie all das hinter sich gelassen haben, dann stellt sich die wichtige Frage: Gibt es etwas Unbeschreibbares? Wenn Sie es beschreiben, dann ist es nicht das Beschriebene. Gibt es etwas jenseits der Zeit, gibt es Raum ohne Grenzen, etwas, das unermeßlichen Raum hat? Wenn Ihr Raum begrenzt ist, werden Sie bösartig, Sie werden gewalttätig,

161

wollen Dinge zerstören. Sie wollen Raum haben, aber der Geist, das Denken, kann Ihnen diesen Raum nicht geben. Nur wenn das Denken zum Stillstand gekommen ist, existiert grenzenloser Raum. Und nur der vollkommen stille Geist weiß – nein, er weiß es nicht, sondern ist sich bewußt –, ob es etwas jenseits allem Meßbaren gibt oder nicht.

Und das ist das einzig Heilige – nicht die Bilder und Rituale, die Erlöser, Gurus und Visionen. Nur das ist heilig, worauf der Geist, ohne es zu wünschen, gestoßen ist, weil er innerlich vollkommen leer ist. Nur wo Leere ist, kann etwas Neues geschehen.

# Quellen

»Ein neues Bewußtsein«; in: *Krishnamurti's Journal,* 24. September 1973. © 1982 by Krishnamurti Foundation Trust, Ltd.

»Das Wunder der Aufmerksamkeit«; aus einem öffentlichen Vortrag, gehalten am 25. März 1975 in San Francisco. © 1975/1998 by Krishnamurti Foundation Trust, Ltd.

»Ein Leben in Güte«; aus einem öffentlichen Vortrag, gehalten am 7. April 1979 in Ojai. © Krishnamurti Foundation Trust, Ltd.

»Das Licht im eigenen Innern«; aus einem öffentlichen Vortrag, gehalten am 19. Mai 1968 in Amsterdam. © 1968/1998 by Krishnamurti Foundation Trust, Ltd.

»Die Wahrheit erforschen«; aus einem öffentlichen Vortrag, gehalten am 16. Mai 1982 in Ojai. © 1982/1998 by Krishnamurti Foundation Trust, Ltd.

»Die Schönheit der Tugend«; aus einem öffentlichen Vortrag, gehalten am 9. September 1973 in Brockwood Park. © 1973/1998 by Krishnamurti Foundation Trust, Ltd.

Schon von frühester Kindheit an prägen uns Ängste und psychische Abhängigkeiten. Sie hindern uns, das zu sein, was wir wirklich sind.

In jahrzehntelanger Forschungsarbeit entwickelte Phyllis Krystal eine Methode, diese Blockaden zu erkennen. Sie lehrt in ihrem aufrüttelnden Buch, wie sie Ihre Imagination schulen können. Durch praxiserprobte, leicht nachvollziehbare Übungen wird es Ihnen möglich, die Bildsprache Ihrer Psyche zu entschlüsseln. Phyllis Krystal zeigt Ihnen außerdem, wie Sie aktiv mit Ihrem Unterbewußten kommunizieren können. Denn so wird es Ihnen gelingen, von falschen inneren Bindungen und Verhaltensmustern loszukommen. Finden Sie zurück zur inneren Quelle von Sicherheit und Weisheit! Sprengen Sie Ihre inneren Fesseln!

Phyllis Krystal

**Die inneren
Fesseln sprengen**
Befreiung von falschen
Sicherheiten

*L o t o s*

Econ ULLSTEIN List

Wie können wir unsere Kinder so aufziehen, daß sie glückliche und inspirierte Menschen werden? Welche Werte brauchen sie, um in der heutigen Welt zu bestehen? Wie lehrt man sie, Liebe und Spirituelles höher zu achten als Materielles? Greta Nagel, promovierte Pädagogin und langjährige Schullehrerin, lehrt in ihrem Ratgeber die zeitlose Weisheit des Tao. Spielend gelingt es ihr, die 81 altüberlieferten Sätze des Tao auf die moderne Kindererziehung zu übertragen. Jeder taoistische Lehrsatz wird dabei zunächst gut verständlich kommentiert und auf seine pädagogische Aussage hin befragt. Es folgt jeweils eine Auswahl von individuellen Beispielen aus ganz normalen Alltagsfamilien, die für große Anschaulichkeit sorgen. So ergibt sich eine perfekte Synthese aus alter chinesischer Weisheit und konkreten modernen Ratschlägen. Zeitlose Lehren für Kinder – und für uns.

Greta Nagel

**Tao für Eltern**
Alte Weisheit für
moderne Kindererziehung

*Lotos*

Econ | **Ullstein** | List